吾亦紅《われもこう》

小烏神社奇譚

篠　綾子

幻冬舎時代小説文庫

吾亦紅《われもこう》

小鳥神社奇譚

吾《われ》亦《も》紅《こう》

小烏神社奇譚

目次

一章　尼の依頼

一

八月ともなれば、空にも庭の草木にも秋の気配が色濃く感じられるようになる。昼の空は突き抜けるように高く、夕空は心に沁《し》みる茜色《あかね》に染まる。葉の上には露が宿り、庭先では虫が澄んだ声で鳴き始める。

そんなある日の日暮れ時、医者の立花泰山《たちばなたいざん》が小烏神社《こがらす》へ立ち寄ると、庭先に小さな人影があった。この神社の宮司《ぐうじ》、賀茂竜晴《かもりゅうせい》ではないとすぐに分かったので、ならば玉水《たまみず》かと推測する。

日を追うごとに日没が早まっていき、黄昏時《たそがれ》の淡い光では、人の顔を見極めるのも難しい。少し近付いてから、

「玉水か」

と、泰山は声をかけた。振り返ったのは確かに玉水であったが、

「あ、泰山先生」

と、応じたその声は涙ぐんでいる。泰山はぎょっとして、

「どうしたのだ、玉水」

と、慌てて駆け寄った。目の前で見れば、玉水の頬には涙の跡がついている。

「どこか痛いのか。誰かにいじめられでもしたか」

泰山は手拭いで玉水の顔を拭きながら、「玉水を泣かせたのは竜晴か」と自問し、一人で勝手に混乱した。

小鳥神社に暮らしているのは、宮司の竜晴とその雑用を手伝う玉水だけだ。玉水は七つ、八つの子供だが、ほとんど神社の外へ出ないから、外の子供たちにいじめられたとは考えにくい。神社にやって来る氏子《うじこ》の花枝《はなえ》や大輔《だいすけ》は大変気のいい姉弟だから、玉水をいじめることなどあり得なかった。

となれば、原因はやはり竜晴か、という推測に至る。だが、竜晴が玉水をいじめたとは、泰山とて考えていない。ただ、玉水が何か失敗でもやらかして、竜晴が厳しく――場合によっては冷たく、叱りつけたのではあるまいか。

「痛いところはないし、いじめられてもいないです」

という玉水の返事を受け、泰山はやはり竜晴に叱られたのだなと思い込んだ。

「そうか。泣きたくなる気持ちは分からぬでもない。しかし、竜晴はお前が憎くて厳しく当たったわけではないと思うぞ」

泰山が優しい声で言うと、玉水はきょとんとした。

「宮司さまが私に厳しく当たったんですか」

まるで他人事《ひとごと》のように問う。

「あ、いや。それを私に問われてもな。お前は竜晴に厳しくされたわけではないのか」

泰山が改めて問うと、玉水は今度は首をかしげた。

「どうなんでしょう。宮司さまは私に厳しいのか、そうでないのか」

真剣に考え始めるから、こちらまでどうにかなりそうだ。

「ああ、もういい。お前は竜晴に叱られて泣いていたわけではないのだな」

「あ、はい。私は宮司さまに叱られて泣いていたわけではありません」

玉水は律義に、泰山の言葉をくり返した。

「ふうむ。では、お前はどうして泣いていたのだ」

初めから素直にこう問えばよかったのだと思いながら、改めて泰山は尋ねた。すると、

「ええと、私はどうして泣いていたんでしょう」

途方に暮れた様子で、玉水は問いを返してくる。

「こっちが泣きたい気持ちだよ」

玉水に聞こえぬよう小声で呟《つぶや》くと、

「どうしてお前が泣くのだ」

突然、横合いから声がした。外の話し声を聞きつけた竜晴が、庭へ出てきたのだった。

「あ、いや。ただの言葉の綾《あや》だ。ん? お前、今の私の独り言を聞いていたのか」

すぐそばの玉水にさえ、聞こえないほどの小声だったはずだが……。しかし、常人には理解の及ばぬ力を用いるこの友について、あれこれ考えても始まらない。

「私のことより、玉水が泣いていたのだ。これはどういうことだ、竜晴」

玉水に訊《き》くより竜晴に訊いた方が話も早い。泰山は話をする相手を、竜晴へと切

り替えた。

「ふむ。玉水が泣いていたか」

たった今、そのことを知ったと聞こえる物言いだが、さして驚いたふうではない。それどころか、玉水とその周辺のありさまを、しげしげと見つめた後、

「玉水はおおかた、その花を見て泣いていたのだろう」

と、竜晴は謎解《なぞと》きでもするような調子で言った。

「その花……」

泰山は玉水の足もとに目を凝らした。細い茎の先に楕円《だえん》形の暗赤色の花が付いている。花といっても、花弁はなく、一寸弱ほどの花穂《かすい》であった。

「これは、吾亦《われも》紅《こう》だな」

薬草の一つだが、泰山が植えて育てたものではなく、神社の草むらに勝手に生えていたものだ。花が付くのは夏の終わりから秋にかけてだが、花が終わった頃、根を収穫して干せば生薬《しょうやく》になる。止血や解毒、湿疹《しっしん》の治療などに効く。

泰山としては「花が終わった頃が収穫時」としか頭になく、花を愛《め》でるつもりもなかったが、こうして見ると、吾亦紅の花はなかなか愛らしい。玉水は男の子と聞

いているが、女の子のような容姿で、繊細なところもあるようだから、花に見とれていたのだろう。だが、そうだとしても、泣く理由にはならない。

「どういうことだ。吾亦紅の花に、何か悲しい思い出でもあるのか」

泰山が問うと、玉水が口を開くより先に、

「吾亦紅の花にというより、吾亦紅の花を見て、狗尾草《えのころぐさ》を思い出したのではないか」

竜晴が答えた。

狗尾草は猫戯《ねこじゃ》らしとも呼ばれ、緑の花穂を付ける。脱穀すれば食べられるので、泰山はこれを収穫して麦に混ぜ、野良猫たちに与えていた。ところが、泰山の家に出入りしていた十二匹の猫たちはついこの間、突然姿を消してしまった。そのため、今は狗尾草を刈ることもなくなっていたのだが……。

泰山は猫たちのことを思い出して、切なくなった。

同時に、玉水の心の在処《ありか》にも思い至った。

「そうか。玉水はおいちがいなくなって寂しいのだな」

泰山の言葉に、玉水が「はい」と答えてうつむいた。

おいちは、先日まで小烏神社にいた虎猫である。もともと竜晴が誰かから預かっていたと聞くが、その後、新しい飼い主が見つかり、もらわれていった。新しい飼い主は尾張《おわり》徳川家に仕える平岩弥五助《ひらいわやごすけ》という初老の侍で、泰山も知っている。一度、気を失った時、介抱した患者の一人でもあった。

「玉水、お前の気持ちはよく分かるぞ」

泰山は玉水に優しく語りかけた。

「泰山先生は優しいですね。おいちちゃんもそう言っていました」

玉水は顔を上げ、潤んだ瞳を向けてくる。玉水は以前から、おいちの気持ちを代弁したり、おいちがああ言った、こう言ったと口にすることがあった。人間の子供を相手にするのと同じように親しんでいたということだろう。

「そうか、そうか」

泰山は笑顔でうなずき、

「竜晴、お前からも何か言ってやれ」

と、竜晴を促した。

「何か、とは」

竜晴は淡々と訊き返す。

「何かって、何でもいい。玉水の心の慰めになることを言えばいいだろう」

「それならば、このところ毎日のように申し聞かせている。おいちは消えたわけではなく、平岩殿にかわいがられている。平岩殿も時折、ここへ連れてくると約束してくださった。その日を楽しみに待つように、と――」

「はい。宮司さまはいつもそうおっしゃってくださいます」

玉水が竜晴の言葉を後押しする。なぜだか、どこまでも嚙《か》み合わない会話をしているような徒労感を覚えつつ、

「そうしようと思ってもできないから、玉水は泣いていたのだろう」

と、泰山は竜晴に訴えた。

「言い聞かせても、その通りにできぬ者に対して、何を言えばよいのか」

「何をって、それは……」

別に大したことを言え、というのではない。ただ、玉水の寂しさに寄り添ってやればいいのだ。そもそも、そんなことは、考えなくとも自然に出てくるものではないのか。

「ふむ。では、玉水に問おう。今、お前が私にしてほしいと思うことは何だ」

突然、竜晴が玉水に尋ねた。

「え、宮司さまにしてほしいことですか」

「そうだ。お前はおいちがいなくて寂しく、気持ちを紛らわせることができない。だから、そんなお前の助けになることを、私に教えてほしい」

「そう言われましても……」

玉水は首をかしげ、やがて困惑した表情を泰山に向けてきた。

「いや、その、私の方を見られても困る」

と、泰山は返したが、今度は竜晴までもが目を向けてくる。

「お前は玉水の気持ちがよく分かると言った。お前も家に出入りしていた猫がいなくなったから、玉水と同じなのだろう。ゆえに、お前が手本になってやってくれ。お前は私に何をしてほしい」

竜晴の顔つきは真面目《まじめ》そのものだ。冗談を言っているわけでも、泰山をからかっているわけでもない。

「いや、その、何かをしてほしいというのではないが……。そうだな、たまにはいなくなった猫たちの話を聞いてくれるとか、おいちのことを語り合うとか、そんなことをしてもらえれば――」

返答を求める竜晴を前に、泰山は考えを絞り出して言った。

「ふうむ。思い出話に付き合うというわけだな。それで、お前たちの心が慰められるのであれば、そうしよう」

竜晴が話をまとめるように言うと、沈黙が落ちた。庭で鳴く鈴虫の声が耳に入ってくる。

竜晴はまるで泰山たちがその話を始めるのを待ち受けているようだが、話せと言われて話せるようなものでもない。

「今日はもう遅いようだ。その話はまた今度にしよう」

泰山はそう言うと、薬草畑の湿り具合を確かめてから、小鳥神社を後にした。

カアー、カアーと、いつからそこにいたのか、庭木の枝にとまっていたカラスが鳴いた。

二

「まったく」

泰山が立ち去ってすぐ、近くの草むらから這《は》い出してきた白蛇が、玉水を叱りつけた。

この小鳥神社に暮らす刀の付喪神《つくもがみ》、抜丸《ぬけまる》である。いろいろと失敗をやらかす玉水を鍛えるのは自分の役目と、心得《し》ているのだ。

「おいちがいない寂しさに浸るのはお前の勝手だが、それを医者先生に見られる奴があるか」

「ごめんなさい、抜丸さん」

玉水がうなだれて謝った。その時にはもう、庭木の枝からカラスの形《なり》をした付喪神の小烏丸《こがらすまる》も舞い降りてきて、

「それに、竜晴を巻き込むとはどういう料簡《りょうけん》だ。竜晴に何かしてもらおうなど、図々しいにもほどがある」

と、文句を言った。

「え、私はそんなつもりは……」

玉水が慌てて首を横に振る。

「竜晴よ。玉水の話を聞く前に、我《われ》の言うことを聞いてくれ。我もおいちがいなくなって寂しいぞ」

　小烏丸の言葉に、抜丸が目を剝《む》いた。

「自分を棚に上げて、図々しいカラスめが。竜晴さま、こやつの話など聞かないでけっこうです。おいちがいなくなって、誰よりも寂しいのはこの私めでございますから、まずは私の話から――」

「えー、お二方が話を聞いてもらうのなら、私だって聞いてもらいたいですよう」

　玉水までが付喪神二柱に後《おく》れを取るまいと割って入るから、途端に騒々しくなる。風情のある鈴虫の声などどこへやら、庭先はてんやわんやの様相を呈してきた。

　竜晴が皆にもう中へ入るよう促そうとした時、背後に何者かの気配が感じられた。

　竜晴は急いで振り返り、付喪神たちはぴたっと静かになる。玉水だけが「えー、何ですか、何ですか」と目をきょろきょろさせていた。

「どなたですか」

　まずは竜晴が声をかけた。そこで、ようやく招かれざる客人の姿に気づいた玉水が、

「え、女の御坊《おぼう》さま？」

と、茫然《ぼうぜん》とした様子で呟く。

「愚か者。女人の出家者はふつう尼君《あまぎみ》と言うのだ」

抜丸がすかさず注意するが、現れた客人の姿に目を奪われた玉水の耳には入っていないようだ。

黄昏の淡い光の中、目の前に佇《たたず》んでいるのは尼衣の女人である。齢《とし》の頃は三十路《みそじ》

あたりで、たいそう整った顔立ちをしていた。

「こちらは、小鳥神社で間違いございませんか」

尼は澄んだ声で尋ねた。

「はい。どなたかから我が社《やしろ》のことを？」

「ええ。誰と申し上げることはできないのですけれども」

「どういうことですか」

「大勢の者が言っておりました。この小鳥神社の宮司さまは人並み外れた力を持ち、

浄土へ渡ることができずにいるものを救ってくださると――。その上、強大な力を

持つ恐ろしい妖《あやかし》どもを次々に倒されたと――」

「ほう。大勢の者が……」

竜晴はじっと尼の目を見つめ返した。尼はそっと目を伏せる。

「それで、あなたはどなたなのですか。いかなる用向きで我が社へ」

「宮司さまにおすがりしたいことがあって参りました。わたくしの素性は、お引き受けくださると分かってから申し上げようと思うのですが……」

と、尼は躊躇《ためら》いがちに言う。

「竜晴さまに頼みごとをする身で、名乗らぬなど無礼にもほどがある。はきはきと名乗ってから、ものを申すがよい」

口を挟んできたのは抜丸だった。もっとも、蛇の姿をしているから、小烏神社の面々にその言葉は聞き取れても、ふつうの人の耳には蛇が舌をしゅるしゅるさせている音としか聞こえないはずだ。

尼は困ったふうに下を向いた。

抜丸から突《つつ》かれた玉水が先の言葉を訳して伝える。

「ええと、宮司さまに頼みごとをするなら、名乗ってからにしてください」

玉水の口を通して告げられた言葉に、尼は顔を上げ、玉水を見た。それから、その近くで鎌首をもたげる白蛇と、二本足で立つカラスを見た。だが、蛇にもカラスにも脅えることはなく、何も言いはしなかった。

「それでは、先に頼みごととやらをお聞きしましょうか。それを受け容《い》れることになれば、そちらにも名乗っていただきましょう」

竜晴が話をまとめるように言い、尼はうなずいた。

「ありがとうございます。実は、わたくしの大切な方が浄土へ渡れず、長い間、この世をさすらっておられるようなのです。どうか、あの方が浄土へ行けるよう、お力を貸していただけないでしょうか」

「なるほど、その類《たぐい》の用向きであれば、確かに竜晴でなくては成し遂げられぬであろう。ここへやって来たのは賢明であったと言える」

と、今度は小烏丸が言う。

この時も、尼は何とも言葉を返しはしなかった。

「亡き人の魂を浄土へ渡すことはできますが、それは霊の居場所が分かっていればこそ。あなたの言葉によれば、さすらっているということですが、居場所は分かるのですか」

「それは……」

尼は困惑した表情で口を閉ざす。

「さすらう霊は少なくありません。浄土へ渡ることを望むものもいれば、そうでないものもいる。かつての自分を忘れている霊もいれば、死んだことすら分かっていない霊もいる。そのような中から、あなたの大切な方の霊をどうやって見つけよと？」

竜晴が告げると、尼は悲しそうな目をして、小さく溜息《ためいき》を漏らした。それから、

「今日はこれで失礼します」

力尽きたような声で言うと、頭を下げて踵《きびす》を返した。

「ええと、このまま帰しちゃっていいんですか」

女が数歩進んだところで、玉水が小声で竜晴に問う。

「引き留めたところで、甲斐《かい》はない」

と、竜晴は答え、玉水に女の姿をじっと見ているよう促した。やがて、女の後ろ姿は本殿に差しかかったが、その辺りでぼうっとかすみ始めた。

夕暮れの薄闇の中に溶け入って、見えにくくなったのではない。揺らいだ煙が空

にのぼるように、すうっと消えてしまったのだ。

「あれ、あの人……」

玉水がごしごしと目をこすり、何度も瞬《まばた》きしている。

「竜晴よ、あの尼は人ではなかったのだな」

小烏丸がすかさず問うた。

「そうだろうな。そもそも成仏の依頼に、私のもとへ来ることからしておかしい。本来ならば、檀家の寺へ行くところだ。件《くだん》の霊が成仏していないことを、確かな口ぶりで述べるのもふつうではなかろう」

竜晴の言葉に、抜丸が「おっしゃる通りです」と受ける。

「私はこの愚かなカラスとは違い、もっと早くに気づいておりました。あの尼は私が名乗れと申しました時、その言葉を聞き取っていた様子」

「え、抜丸さんの言葉は、私があの人に教えてあげたんですよ」

玉水が口を挟んだ。

「おぬしは、だからものを見る目がないというのだ。あの尼は私の言葉を聞いてすぐ、名乗らされるのは困るというふうに下を向いた。それから、おぬしの言葉を聞き、誰から言われたのだろうと、顔を上げて確かめた。おぬしだけでなく、私や小烏丸の姿もな。つまり、あの尼は私の言葉をちゃんと聞いていたのだ」

「抜丸の言う通りだろう。あの尼は抜丸や小烏丸の言葉を聞いていたが、返事は慎重に避けていたのだ」

「あ、あの女の人は霊だったんですか」

玉水は気狐《きこ》という霊なる存在でありながら、他の霊を見抜くことができない。なおも驚いている玉水にはもうかまわず、

「あの尼は、己《おのれ》が死んだことに気づいていなかったのでしょうか」

と、抜丸は竜晴だけを相手に尋ねた。

「私も初めはそう思ったが……。もしかしたら、自らの死は理解しつつも、大切な誰それが彼岸《ひがん》へ渡るまでは自分も成仏せぬと心を決め、この世をさすらっているのかもしれぬ。それが何年におよぶ放浪なのかは分からぬが、何十年、何百年ということもあり得る」

「何百年とさすらい続けてきたのであれば、哀れなことですね」

抜丸がいつになくしみじみとした調子で呟く。

「あの霊も生前の姿をとっていたと思われるが、ああした尼衣の形はそうそう変わるものでもないからな。いつ頃の世の人か、推し量るのは……」

「そうですね。俗人であれば、髪型とか着物とかで分かることもありますが……」

抜丸が言うと、

「女の人の着物なら、私が分かりますよ」

と、遠い昔、女に化けて人の世で暮らしていた玉水がたちまち嬉《うれ》しそうに言う。

「小烏丸、どうかしたのか」

この時、いつもと違って、話に加わろうとせず、おとなしくしていた小烏丸に、竜晴は声をかけた。竜晴は声をかけた。抜丸と玉水が話をやめ、小烏丸に目を向ける。

「いや、どうしたというわけではないのだが」

小烏丸はどことなく奥歯に物の挟まったような言い方をした。

「初めに見た時から、何となく胸のあたりがざわしたが、今も引っかかる」

付喪神の勘は決して軽く見てよいものではない。

「引っかかるとは、何かしら邪《よこしま》なものを感じたということか」

竜晴が問うと、「いや、邪なものというより」と小烏丸は考え込む様子を見せ、いつになく慎重に言葉を選びながら口を開いた。

「前に、どこかで見たように思うのだ」

「前とはいつ頃のことだ。もしや、お前が記憶を失《な》くす前の話か」

小烏丸が記憶を失くしたのは、今から四百年以上も前、源平の合戦が行われた頃のことだ。だから、小烏丸にはここ四百年ほどの記憶はあるが、それ以前の記憶はなかった。しかし、ひょんなきっかけで記憶が戻ることはあるというし、あの尼を見て失くした記憶を刺激されたのかもしれない。

「それを先ほどからずっと考えているのだが……」

よく分からないようであった。

「抜丸、お前はどうだ」

竜晴は抜丸に目を向けた。抜丸も小烏丸に劣らぬ古い刀の付喪神で、源平の合戦が行われる前から存在している。小烏丸と同じく、当時は平家一門の所有する刀であった。

「そうですね。こやつのように、あの尼を見て、胸がざわざわすることはありませんでしたが……。ただ、今になって思い返してみると、見たことがあったような気も……。いえ、ただの気のせいか」

「ふむ。会ったことがあるとしても、さほど強い記憶として残ってはいないのだな。もっとも、お前が過ごしてきた歳月の長さを思えば、知る人間も膨大な数になるだろうが……」

「こやつがあれこれ言うのなら、平家一門の刀であった頃でしょうから、よくよく思い返してみます」

抜丸はそう告げたが、現時点で思い出せることはなさそうであった。

「それにしても、きれいな声の人でしたねえ」

玉水が感に堪えないというふうに呟いた。小烏丸の深刻そうな様子にもまったく無頓着なようだ。

「そういえば、そうだったな」

見た目もきれいな女人であったが、玉水は容姿より声の美しさの方に心を持っていかれたらしい。

「まあ、あの様子なら、またやって来るやもしれぬ。その時までに思い出したことがあれば、教えてくれ」

竜晴の言葉に、抜丸は「かしこまりました」と返事をし、それから一同そろって家の中へ入った。

黄昏の光はもうほとんど失《う》せて、辺りは藍色《あいいろ》の夕闇に沈んでいる。誰もいなくなった庭先では、鈴虫や蟋蟀《こおろぎ》がひっきりなしに鳴き続けていた。

三

謎の尼の訪問から一晩が過ぎた翌日の朝、泰山が往診前に薬草畑の様子を見にやって来た。

「竜晴、畑を見せてもらうぞ」

泰山の声がかかるや、竜晴は戸を開けた。

「お、まるで待ち構えていたような速さだな」

泰山が少し驚いた表情をする。

「待ち構えずとも、お前が鳥居をくぐった時から、こちらはそれと察していた」

「何、そうなのか。お前の不思議な力というわけだな」

泰山は勝手に納得すると、薬箱を縁側に置き、薬草畑の具合を確かめ出した。

「水やりは帰りがけでよさそうだな。夏の旱《ひでり》が去って、草木も喜んでいる」

そんなことを言いながら、畑を一周した泰山の目がやがて、庭の端に咲いている小さな赤い花穂に止まった。

昨日、玉水がじっと見つめていた吾亦紅の花だ。

「おお、改めて見ると、愛らしい花だな。狗尾草に似て、揺れる花穂がまるでこちらを誘っているようだ」

泰山はことさら明るい声で言った。

「そうか」

「うむ。ああいう穂に跳びつく猫の気持ちが分からなくもない」

「ふうむ。お前はその花に跳びつきたいということか」

「いや、そういうことではないが……」

泰山は苦笑する。その笑顔はいつもと変わらぬように見えたが、内心はそうではなかろうと竜晴は思いめぐらした。

泰山は無理をして明るく振る舞い、笑ってみせている。今でも、十二匹の猫の去った寂しさから立ち直ることができないでいる。

その気持ちは竜晴にも分かった。だが、その先にどうすることが正しいのかは、分からない。

泰山は竜晴に話を聞いてもらうだけでいい、と言っていたが……。

「では、往診の後、また寄らせてもらう」

泰山はそう言い残し、往診に出かけていった。

「あれ、宮司さま」

そこへ現れたのは玉水である。

「泰山先生がいらしてませんでしたか」

台所で片付けをしていたらしく、前垂れをつけたままだ。

「一足遅かった」

「そうですか。昨日のお礼をちゃんと申し上げたかったんですが」

玉水はしゅんとうなだれる。

「往診の帰りにまた寄るそうだ。それより」

竜晴は庭に咲く吾亦紅を示して続けた。

「あの花を摘んで飾っておいてくれるか」

「あ、はい。泰山先生が昨日、名前をおっしゃっていましたが、ええと、何でしたっけ」

「吾亦紅だ」

「あ、そうでした」

われもこう、われもこう――と呟きながら、玉水は縁側から庭先へ下りようとする。

「待て」

と、その時、縁側の下から這い出してきたのは、白蛇の抜丸だった。

「おぬしは吾亦紅という名の由来を知っているのか。それから、鋏《はさみ》はどうした。まさか、手で千切《ちぎ》るつもりではなかろうな」

「え、そのつもりでしたけど。それから、吾亦紅という名前に由来があったんですか」

玉水は無邪気に言葉を返す。

「おぬしの未熟さは相変わらずということだな」

抜丸が厳しい言葉を吐いた。

「まったくだ」

カアーと高らかに鳴きながら、小烏丸が庭の木から舞い降りてくる。

「竜晴よ。玉水めに花の名の由来を教えてやってくれ」

偉そうに言う小烏丸に、抜丸があきれた目を向けた。

「うむ。この花が『われもこう』と呼ばれているのは古くからなのだが、『こう』には香りという字を当てることが多かったようだ。しかし、花の色が濃い紅色であることから、紅《くれない》の字を当てるようにもなったのだろう。これについては、人が秋に咲く紅の花を挙げていたところ、この花が『私も紅です』と自ら名乗り出たという話もある。いわゆる俗説だが、それゆえ『吾も亦《また》紅』と字を当てるのだろう。生薬としても使われるが、それについては泰山から聞けばいい」

竜晴が説明するのを、玉水は瞬きもせず熱心に聞き入っていた。話が終わると、思い出したように大きく息を吐き出し、

「そういう話があったんですか。宮司さま、ありがとうございます」

と、ぴょこんと頭を下げた。

「花について知れば、無造作に手で千切るのがいかに愚かか、分かったであろう」

抜丸が促すと、今度は玉水も神妙な顔で「はい」とうなずいた。

「ちゃんと鋏を使って切ることにします」

と、鋏を取りに部屋へ戻ったものの、再び縁側へ戻ってくるや、

「でも、薬になるような花を切ってしまっていいのですか」

と、竜晴を見上げながら心配そうに問うた。

「ふむ。前に泰山から聞いたところでは、主に薬として使われるのは根ということらしい。だから、少しくらいはかまわぬだろう。それに、この花を身近に置いて、お前がおいちを懐かしむことを、泰山はむしろ喜ばしく思うのではないか」

「分かりました」

玉水は素直にうなずき、それから庭へ下りて、花穂がいくつか付いた吾亦紅の茎を切り取った。それから、抜丸の指図のもと、花瓶に活《い》けて、床の間に飾る。

「ふむ。秋にふさわしい花だな」

竜晴が言うと、玉水は嬉しそうに笑い、それからじっと吾亦紅の花に見入った。

時折、ちょっと指で突き、花が揺れるのを見つめている。その姿はやはりどこか寂

しげで、竜晴も付喪神二柱も何となく声をかけるのを躊躇ってしまったのであった。

小烏神社の氏子である花枝と大輔の姉弟が現れたのは、その日の午後のことであった。

「竜晴さまあ、お邪魔しまーす」

いつも庭先で先に声を張り上げるのは大輔である。この姉弟も泰山と同じように、玄関ではなく庭へ来ることの方が多い。

「花枝殿に大輔殿、ようこそ」

竜晴が縁側へ顔を出すと、花枝が顔を綻《ほころ》ばせた。

「宮司さま、ごきげんよう」

はにかみながら挨拶した後、抱えていた紙包みを差し出して言う。

「これ、うちの庭で穫《と》れた銀杏《ぎんなん》なんです。旅籠《はたご》のお客さんにも出すんですけれど、たくさんありますから、宮司さまと玉水ちゃんでどうぞ」

花枝と大輔の家は旅籠を営んでおり、客に食事を供するため、立派な厨房《ちゅうぼう》もあった。

「それはありがたい。玉水も喜ぶでしょう」

と、受け取った竜晴は玉水が来ないのを確かめ、

「ところで、玉水は今、元気を失くしているようで」

と、二人に告げた。花枝と大輔は顔を見合わせると、

「そのことは、私たちも薄々気づいていましたけれど」

と、花枝が小声で言う。

「そりゃあ、あれだろ。おいちがもらわれてっちまったから、寂しいんだよね」

大輔はどこかにいる玉水に聞こえないようにという配慮もなく、ふつうの声でしゃべるので、「もう少し声を小さくしなさい」と花枝から忠告されている。

「そうなのでしょう。自分でも分かっているようですが、どうにもならぬようで」

昨日も吾亦紅の花を見て、猫戯らしを思い出し、泣いていたのだという話をすると、

「まあ、かわいそうに」

と、花枝は哀れんだ。

「何だよ、玉水のやつ。男のくせに情けないな」

「玉水ちゃんはお前みたいに図太くないの。心は女の子みたいに傷つきやすいんだから、お前と同じに考えないでちょうだい」

大輔と花枝は言い合っていたが、

「何とか、玉水の元気を取り戻してやる策がないものでしょうか」

と、竜晴が言うや、ぴたっと話をやめた。

「そんなの、簡単だよ、竜晴さま」

と、大輔が言い出した。

「ほう。大輔殿には妙案が？」

「妙案ってほどのものでもないけどさ。おいちに会いたがってるんだから、会わせてやりゃいいじゃん」

「とはいえ、お相手の家へ玉水を連れていくことは少々……」

おいちの住まいは尾張徳川家の江戸屋敷、こちらから訪ねていくことは難しい。

「玉水を連れていくんじゃなくて、おいちを連れてきてもらえばいいじゃん。そんで楽しく宴会でもすりゃ、玉水だって気が晴れるさ」

大輔はいとも容易《たやす》いことのように言う。

「なるほど。して、宴会とはどんな支度が入用《いりよう》なのだろう」

「そりゃあ、料理と酒じゃないの。あと、三味《しゃみ》線《せん》とか踊りとか？」

大輔が思いつくままという調子で告げた。

「馬鹿ね、玉水ちゃんやおいちちゃんがお酒を喜ぶわけないでしょ。それに、三味線だの踊りだのって、大人の道楽じゃないのよ」

花枝が大輔を小突き、慌てて竜晴に向き直った。

「この子、前にうちで宴会を開かれたお客さんのことを適当に口にしたんです。ごめんなさい、宮司さま」

「いえ。旅籠で宴会をなさることがあるのですか」

「しょっちゅうではありませんが、たまに寺詣《てらもう》でに来られたお客さんのご一行などが、芸子《げいこ》さんを呼んだりなさるんです」

「なるほど、それは賑《にぎ》やかな宴席になりそうですね」

「はい。でも、そんな理由でおいちちゃんを呼び寄せるわけにはいきませんよね。第一、おいちちゃんの飼い主さんが妙にお思いになるでしょうし」

確かに、神社で宴会をするからおいちを連れてきてほしいと言えば、平岩弥五助も妙に思うだろう。どうしたものかと思っていた時、新たな客人が神社の敷地内に入ったことを、竜晴は察知した。

花枝と大輔の手前、知らんふりをしていると、やがて玄関口から「ごめんくだされ」という声がかかった。「はあい」という玉水の声がそれに続く。

「私たち、もう失礼した方がよいでしょうか」

と、花枝が言い出したが、

「いえ。あちらの用件を聞いてからでもよいでしょう」

と、竜晴が引き留めていたところへ、玉水が現れた。

「寛永寺《かんえいじ》から田辺《たなべ》さまというお侍がお見えです。今日はただお話ししたいことがあるだけということですが」

田辺とは、寛永寺の住職、天海大僧正《てんかいだいそうじょう》に仕える侍で、小鳥神社への使いはいつもこの男であった。竜晴を呼び出すために訪れることが多いのだが、今日は違うらしい。

竜晴は田辺を庭の方へ案内するよう、玉水に言いつけ、玉水は再び玄関へ戻っていった。

やがて、玉水は田辺を連れて庭へ現れた。

「突然、申し訳ない。お客人が来ておられたのですな」

田辺は恐縮した様子で言う。

「長いお話でしたら、中でお聞きしますが……」

「いや、少しで済みまする。実は、来《きた》る中秋の晩、寛永寺にて虫聞きの会を催すとのこと。ついては、宮司殿をお誘いしたいと、大僧正さまは仰せです。旗本の伊勢《いせ》さまもお見えになられますし、よろしければお弟子の方もご一緒にぜひ、と」

田辺は玉水にちらと目を向けて言う。玉水を竜晴の弟子と思っているようだが、天海が暗に告げているのは小烏丸と抜丸も含めてのことだろう。

「分かりました。お誘い、ありがたくお受けするとお伝えください」

竜晴が返事をすると、田辺は長居をすることなく、すぐに辞去した。

田辺がいる間、庭の隅の方に行っていた花枝と大輔が竜晴の近くへ戻ってくる。

「竜晴さま、それだよ」

大輔は昂奮《こうふん》した様子で言った。

「宴会じゃなくて、虫聞きの会をすればいいんだ。この神社でさ」

「私もいいと思います。虫聞きとは、皆で鈴虫や蟋蟀の声などを聞きながら、お月見したりお団子を食べたりするんですよね」

花枝も明るい声で言う。

「虫聞きの会って、お団子を食べるんですか」

玉水は虫の声や月見より、団子に興味を持った様子である。

「なるほど、よい案のようです」

と、竜晴もうなずいた。

「その会には、平岩弥五助殿とおいちを呼ぼうと思うが、お前はどう思う」

玉水に問うと、その顔がぱっと輝いた。

「おいちちゃんが来るんですか。なら、張り切って支度しなくちゃいけませんね」

「よし。ならば、十五日は寛永寺の虫聞きの会だから、ここでの虫聞きは十三日ということでどうだろう」

「十三夜といえば九月のことですが、八月十三日の月だって十分美しいはずですわ」

すかさず、花枝が賛成した。

「竜晴さまさあ。その会にはもちろん、俺たちも来ていいんだよね」

大輔が気がかりそうに問う。

「親御さんがお許しになれば、お二人そろって来てください」

「もちろんですわ。親は何としても承知させます」

花枝が自信ありげに請け合った。

「宮司さま、泰山先生も呼んでください」

玉水が竜晴の袖を引いて告げた。

「うむ。泰山も誘うことにしよう」

「はい」

玉水が満面に笑みを浮かべて言う。

その背後では、吾亦紅の花穂が風にあおられ、ふわりふわりと揺れていた。

二章　虫聞きの宵

一

やがて、八月も半ばになった十三日の夕方、小鳥神社には虫聞きに誘われた面々が集まってきた。

花枝だけは昼の早いうちに一人で小鳥神社へやって来て、玉水と一緒に団子を作っている。これは、花枝が言い出し、玉水が嬉々《きき》として承知したことであった。

「月見団子は十五夜に食べるのがふつうだけれど、今晩も食べたっていいわよね」

「はい。皆と一緒に、虫の声を聞きながら食べたいです」

花枝と玉水はけっこう気も合っているようだ。

「団子作りなら、私が玉水に教えるつもりだったものを」

と、抜丸は不平を鳴らしていたが、花枝と玉水が頑張ったお蔭《かげ》で、月見団子は大皿いっぱいになった。

「あ、でも、玉水ちゃん。お団子はおいちちゃんには食べさせちゃ駄目よ。丸呑《の》みしたら危ないから」

出来上がった団子を庭に面した部屋へ運びながら、花枝が言う。

「はい。おいちちゃんは食べ物には見向きもしないから大丈夫です」

玉水の返事に、「そう？」と花枝は妙な表情を浮かべた。

「猫って、たいがい人と同じものを食べるでしょ。そりゃあ、好き嫌いはあるでしょうけど」

「でも、おいちちゃんは大丈夫です」

玉水が自信を持って請け合うのは、付喪神のおいちが食事をしないからなのだが、花枝はもちろん知るはずもない。しかし、玉水が風変わりなことは受け容れているようで、「それならいいけれど」と納得してしまった。

花枝を除き、最初にやって来たのは大輔で、日暮れにはまだ間のある七つ刻《どき》（午後四時頃）から、「おいちはまだかなあ」とそわそわしている。続けて、泰山が日暮れ少し前に現れ、暮れ六つ（午後六時頃）の鐘がちょうど鳴り始めた時分に、猫のおいちを抱いた平岩弥五助がやって来た。その頃にはもう、東の空に満月に少し欠けた月が輝き始めている。

「これは、賀茂殿。今宵はお招きくださり、まことにかたじけない」

平岩は竜晴に向かって丁寧に挨拶した。

「いえ、こちらこそ。平岩殿がお越しくださって、今宵は楽しいものとなるでしょう。皆が心待ちにしておりました」

「いやいや、心待ちにしていたのはそれがしではなく、このおいちでござろう」

平岩はにこにこしながら言い、懐《ふところ》のおいちを竜晴の方へ差し出してみせる。おいちがにゃあと鳴き声を上げた。

「さて。この玉水などはおいちがいなくて寂しがっていたようですが、おいちを引き取ってくださった平岩殿を皆が歓迎しているのはまことです。今宵は楽しんでいってください」

竜晴は傍《かたわ》らの玉水を前へ押し、おいちを受け取らせた。

「おいちちゃん、久しぶり」

玉水が声を震わせながら、おいちを抱きとめる。

「玉水しゃん、こんばんは」

おいちが再び鳴いた。先ほどは「宮司しゃま」と声を上げていたのだが、もちろん、その言葉は小烏神社の面々にしか通じない。

「あれ、おいちちゃん。しばらく離れている間に、また仔猫《こねこ》みたいなしゃべり方に戻っちゃったの？」

玉水の言葉に、その背後にいる人型の小烏丸と抜丸が慌てている。この二柱の姿は人間には見えていない。

「何を言っているのだ、玉水」

「ここには、おいちの言葉が分からぬ人間も多くいるというのに」

二柱の忠告を聞き、「あ」と玉水が声を上げたが、

「玉水殿はおいちの鳴き声を聞き分けることができるのですなあ」

平岩がにこにこしながら言い、

「玉水は誰よりもおいちのことをかわいがっていたから、その言葉が分かるのだろう」

と、泰山が続けたので、その場の者たちはそれ以上、玉水の言葉のおかしな点を

追及しようとしなかった。

「いちはもう仔猫じゃありません」

再びおいちが鳴いた。

「しばらく皆さんとしゃべってなかったから、ちょっと緊張しちゃったんです」

「そうだったのかあ」

玉水はおいちの頭を撫でながら言ったが、それも他の者たちには妙に思われなかったようだ。

泰山、花枝、大輔は平岩への挨拶を済ませた後、わっとおいちを取り囲んだ。

「おいちはもう、見た目はすっかり大人の猫だなあ。立派になって」

と、泰山は感無量である。

「お久しぶりね、おいちちゃん。会いたかったわ」

「おう、おいち。お前がいない間、玉水も泰山先生も本当に寂しがってたぞ」

花枝と大輔も口々に声をかけた。

「いちも先生や玉水さんに会いたかったです。花枝さんと大輔さんにも」

おいちは皆に頭を撫でられながら一生懸命答えている。

小烏丸と抜丸はおいちを取り囲む人間たちに、妬《ねた》ましげな眼差《まなざ》しを注いでいたものの、おとなしくしていた。下手《へた》に口を開けば、玉水に不用意な発言をさせる恐れがあるからだ。

今夜、二柱が人型となるのは、事前に相談して決めたことであった。カラスや白蛇の姿は人に見えてしまうから、当然、皆を驚かせることになり、虫聞きには参加できなくなる。一方、人型であれば人の目には見えないから、ものに触ったり、竜晴や玉水と言葉を交わしたりすることができない。とはいえ、日も暮れた暗い庭でのことだから、人目を盗むことも難しくないだろう。

二柱とも、泰山たち人間には悟られないように気をつけると誓ったので、竜晴は彼らを人型にすると決めた。

おいちを取り囲んだ者たちは、代わりばんこに抱き上げ、泰山などは頰《ほお》ずりまでしておいちを閉口させていたが、そうした歓迎ぶりがやや落ち着いてくると、

「そろそろ、虫の声に耳を澄ませませんか」

竜晴は皆に声をかけた。

「おお、そうだな」

泰山が思い出したように言い、抱いていたおいちを玉水に預ける。

「ねえ、竜晴さま。俺、虫聞きの会ってよく知らないんだけど、虫の声を聞く間は一言もしゃべったりしちゃいけないの」

竜晴のそばまで来た大輔が大真面目な顔で、心配そうに尋ねた。

「いや、そこまで厳密でなくていいだろう」

竜晴は答えた後、

「平岩殿はいかが思われますか」

と、平岩に尋ねた。

「さよう。それがしもそこまで厳しくしなくてよいと思いますぞ」

と、平岩もうなずく。

「静かなところで、虫の声に耳を澄ませるのもよいだろうが、それならば一人で聞けばよい。今宵はこうして皆で集まったことに意義がありましょう」

「おっしゃる通りです。だから、大輔殿。あまり大声で話さないといった気配りは大切だろうが、今宵は皆で一緒に虫の声を聞き、月を見ることを楽しめばよいのだ」

竜晴が大輔に目を戻して言うと、大輔は「分かった」と神妙な表情で答えた。

それから一同は縁側に腰かけ、花枝が小皿に取り分けた団子を、玉水の用意した麦湯と共に味わいながら、しばらくは静かに虫の音色に耳を澄ませた。

リン、リンと、鈴のような澄んだ声で鳴いているのは、その名の通り、鈴虫のものだ。

蟋蟀はやはり澄んだ高い音色なのだが、コロコロコロコロと一息に鳴いては休み、また鳴き始める。

「秋ですなあ」

平岩がしみじみした声で呟き、「まったくです」と竜晴が小声で受けた。

それを機に、それまで途絶えていた会話が始まった。

「ねえねえ、平岩さま。おいちはおうちでいい子にしていますか」

大輔が遠慮のない口ぶりで問うた。花枝が慌てて、

「この子は失礼な口を利いて。平岩さま、申し訳ございません」

と、頭を下げる。

「いやいや。詫《わ》びなければならぬのはむしろこちらの方。大輔殿には申し訳ないこ

とをしたゆえ、それがし相手にいささかも遠慮することはござらぬ」

平岩は、花枝以上に恐縮した風情で述べた。

これは、平岩がかつて死霊に取り憑《つ》かれた時、大輔を捕らえて廃寺に連れていったことを踏まえている。ただし、平岩自身はまったく覚えておらず、後から聞かされて、自分の所業を知ったのだった。一方の大輔はちゃんとその時の記憶はあるが、たいそう怖い思いもしただろうに、あれは霊に憑かれていたためと割り切っており、むしろ平岩に親しみを覚えているようだ。

おいちがにゃあと鳴いた。

「いちはいい子にしています」

と、言ったのだが、もちろん平岩も大輔も理解できない。

「おいちがよい子にしているかというお尋ねであったな。それはもう、賢い猫だと聞いてはおりましたが、それがしの想像を超えた賢さでな。食事の始末も下の始末もすべて自分でして、家の者を困らせたことが一度もござらぬ」

と、平岩は答えた。

「え、食事って、こいつ、自分で食べ物を取ってくるの？」

大輔が目を瞠《みは》る。

「いや、食べ物はこちらで用意しているのだが、いつもどこかへ持っていき、独りで食べる習いのようでしてな。これは、この神社にいた頃からそうだったと聞いていたので、持ち歩きのできるものを与えるようにしておる。それでよろしいのでしたな、賀茂殿」

「はい」

と、竜晴は澄まして答えた。

「別にしつけたわけでもないのですが、物を食べるところを人に見られたくないようで、必ずどこかへ持っていって食べるようです」

「へえ。人に取られまいとしてるのかな。おいち、お前、ずいぶんけちん坊だな」

大輔がおいちをからかうように言うと、

「いちはけちん坊じゃありません」

おいちは不服そうに言い返した。

「いちは物は食べないんです。だから、お屋敷に入り込んできた野良猫にあげてるんです」

それを聞き、反応したのは抜丸と小烏丸だ。

「おぬしは施しをしているのか。それは付喪神として立派な行いだ」

「うむ。さすがは我の弟分の付喪神である。我の教えがよかったのだな」

小烏丸が胸を張るものだから、抜丸が不服を言い立てる。

「お前がおいちに何を教えた。おいちにさまざまなことを教えたのは私だ」

「何だと。おいちが心根のまっすぐな付喪神に成長したのは、この我が……」

虫聞きの宵とも思えぬ騒々しさになりかけたので、竜晴はごほんと咳《せき》払いをした。

無論、この付喪神たちの声はこの場の人間には聞こえていないから、彼らは誰もうるさいなどと思っていないだろうが……。

付喪神たちがはっと口をつぐむと、再び静寂が訪れた。

竜晴の咳払いの影響か、付喪神ばかりでなく人間たちも押し黙っている。

「にゃあ」

おいちが間延びした鳴き声を上げた。この時はこれという意思を持たぬ声だったようで、竜晴たちの耳にもただの猫の鳴き声として聞こえたのであった。

二

リーン、リーン、リーン。

コロコロコロコロ……ルルルルル。

鈴虫や蟋蟀の鳴き声に「おいちちゃん、ほらほら」という玉水の声が混じっている。玉水と大輔はもはや縁側に腰かけてはおらず、おいちと一緒に庭を歩き回っていた。

玉水の手には吾亦紅の花がある。

「何ですか、それ」

おいちが訊いた。

「これは、吾亦紅っていう花なんだって。おいちちゃんの好きな猫戯らしに似ているでしょう。ほら、前みたいにこれで遊ぼうよ」

おいちの目の前で、玉水は吾亦紅の花を振ってみせた。

「それは、いちの好きなやつじゃありません」

おいちはぷいと横を向いた。

「え、どうして。これ、猫戯らしの草によく似ているやつだよ。花穂の色がちょっと違うだけだよ」

「いちが好きなのはふさふさして、とげとげしたやつです。それはふさふさもとげとげもしていません」

玉水がいくら機嫌を取っても、おいちの興味は吾亦紅の花には向かない。

「やっぱり、猫戯らしじゃないと駄目なんじゃないのか」

おいちの様子を見ながら、大輔が言い、

「この辺にはないみたいだな。ちょっとそこまで行って摘んでくるよ」

と、続けた。大輔が駆け出したのを見て、

「待ちなさい、大輔。どこへ行くの」

と、花枝が縁側から声をかける。

「猫戯らしを取ってくるだけ」

「足もとが暗くて危ないわ。行くなら提灯《ちょうちん》を用意してもらって」

「鳥居のとこに生えてたのを取ってくるだけだよ。それにこんなに月が明るいんだから平気だって」

大輔は答えながら、どんどん走っていってしまう。

「まあ、確かに月が明るいですし、目も暗さに慣れていますから、鳥居のところまでなら大丈夫でしょう」

竜晴が言い、花枝が「本当にもう」と腰を下ろしたところへ、玉水がしょんぼりとやって来た。

「おいちちゃんのために用意したのに、吾亦紅は好きじゃないんですって」

玉水は縁側に座っている面々に吾亦紅の花を見せて言った。

「こちらの花の方が色つやがあって、よいと思いますがなあ」

「本当に。かわいらしい花ですのに、おいちちゃんから嫌われてしまったのではかわいそうですわ」

平岩や花枝は吾亦紅の姿かたちを褒め、

「吾亦紅は解毒にも血止めにもなり、できものにも効くんだがなあ」

と、泰山は薬効を口にする。しかし、いくら人間たちから称《たた》えられようと、それでおいちが吾亦紅を好きになるわけではない。

「宮司さま、このお花、どうしましょう。また、お部屋に飾りましょうか」

玉水は竜晴に目を向けて訊いた。

「ふむ」

竜晴はその花を受け取り、

「まあ、せっかくだから、この花を好むお方に差し上げることにしよう」

と、言った。それから平岩、花枝、泰山を順繰りに見つめ、まず「泰山」と声をかけた。

「え、私か？」

泰山が意外そうな声を出す。

「お前は薬効について口にした。最も有益な使い方だろう。ところで、この花を薬として使うことはできるのか」

「いや、薬にするのは根の部分だ。若葉は食べることもできるが、今の季節のものは無理だろう」

「なるほど。ならば、見た目を愛でてくださった方に差し上げるとしよう。平岩殿はいかがですか」

と、竜晴は平岩に目を向けた。

「いや、それがしはおいちを連れて帰りますし、第一、おいちが好まぬのであれば、いただくわけにはいきませぬ。やはり、この花を手にするのに似つかわしいのは女人でございましょう」

平岩は丁重に辞退した。

「そのようですね。では、花枝殿。この花を受け取ってくださいますか」

「まあ、私が……。よろしいのでしょうか」

花枝は困惑気味に呟いたものの、月光に照らされた表情は嬉しそうだ。

「もちろんです。おいちをはじめ、皆が辞退した花であるとお気を悪くなさらないのであれば」

竜晴は立ち上がり、花枝の前まで行って、花を差し出す。

「気を悪くするなんて、そんな。宮司さまがくださる花をそんなふうに思うはずがありませんわ」

花枝ははにかみながら吾亦紅の花を受け取った。

そこへ「猫戯らし、取ってきたぞ」と大輔が元気よく戻ってきたので、玉水とおいちは大輔のもとへ走り寄っていく。やがて、玉水と大輔は猫戯らしを振り回しながら、おいちと遊び始めた。

「やはり、猫と子供には、吾亦紅より猫戯らしが似合いますな」

平岩が微笑《ほほえ》みながら言い、皆は思い思いにうなずいた。

「吾亦紅といえば、きりぎりすと一緒に詠《よ》まれた歌があったと存ずるが。確か、鳴けや鳴け……はて、続きは何であったか」

どうやら続きを忘れてしまったらしい平岩のため、竜晴が歌を口ずさんだ。


鳴けや鳴け尾花枯れ葉のきりぎりす　われもかうこそ秋は惜しけれ

「おお、さようであった。『われもかう』には、吾亦紅の花と『わたしもこのように』という意がかけられているのでありましょうな」

平岩の言葉に竜晴はうなずいた。

「はい。秋の名残《なごり》を惜しむ気持ちを詠んでいるのでしょう」

「この歌は秋といっても、寒くなった頃のことを詠んでいるのですよね」

花枝が首をかしげた。

「おっしゃる通り、枯れ葉とありますから、冬も近いのでしょう」

竜晴が応じると、「それでは、この歌はおかしくないか」と泰山が言い出した。

「きりぎりすが鳴くのは、夏から秋の初めだったはずだが……」

「確かにお前の言う通りだ。しかし、ここの『きりぎりす』とは蟋蟀のことと考えられる。きりぎりすのことは機織《はたお》りと言ったからな」

「きりぎりすの鳴き声は、ギィーッチョンという感じで、確かに機織りの音に似ていますものね」

花枝が大きくうなずいて言う。

「片や、昔の『こおろぎ』は秋に鳴く虫のすべてを呼ぶものだったそうですぞ」

平岩が口を添え、泰山も「なるほど」と納得した。

「ならば、この歌は秋に鳴く虫たちに、秋を惜しんで鳴きなさいと言っているのですね」

平岩に向けて言った後、

「この歌に吾亦紅が詠み込まれたのは、やはり秋の花として親しまれていたからなのだろうな」

と、竜晴に目を戻して訊く。

「うむ。ただし、秋の七草には入っていないから、そこまでの人気者ではなかったのだろう。歌にも多く詠まれているわけではない」

「そうか。薬としては昔から使われてきたらしいのだがな」

と、泰山は何とも無念そうに呟いた。

「秋の七草はどれももっともな草花ですけれど、吾亦紅が入っていないのは少し残念な気もいたしますわ。花の色も深みのある秋に似合いの色ですし」

花枝は手にした吾亦紅の花にじっと見入って言った。

「しかし、平岩さまがおっしゃったように、女人に似合いの花であることは確かですね」

と、泰山が花枝と吾亦紅の花を見つめながら言った。目の合った花枝が少しきまり悪そうに下を向いてしまったせいか、泰山は少し慌て、

「あ、いや。その、花枝殿に似合っていると言ったわけでは……。いや、その、似合っていないわけではなく、もちろん、花枝殿にはお似合いですが……」

しどろもどろになって、言い訳にならぬ言い訳をしている。

「ふむ。お前がそう言うのは、吾亦紅の花に格別な思い出でもあるのか」

竜晴が口を挟むと、泰山は冷静さを取り戻し、少し間を置いてから、

「花というより、薬の方にあるのだ」

と、いつになくしんみりした声で言った。

「すると、麗《うるわ》しの女人と吾亦紅の生薬にまつわる思い出が、泰山先生にはおありということですかな」

平岩が興味を引かれた様子で訊く。

「いや、その、色恋めいたものではなく。相手は患者さんですから」

泰山は再びしどろもどろになった。

「だが、今の話からすれば、女人の患者さんだったのだろう」

「まあな。美しい方であったのも、事実ではあるが……」

泰山は真面目な顔つきになると、ぽつりぽつりと話し出した。

「……その人は芸子さんだった。三味線、歌、踊り、どれを取っても抜きん出ていたそうだ。私は芸を見たわけではないから、そのことについては何とも言えないの

だが。芸子としての名は鈴虫といった」

彼女のことを思い出したのは、この鈴虫という名前のせいでもあると、泰山はしみじみ言い添えた。

芸子の鈴虫には、大店《おおだな》の主人が支援者として付いていたらしい。芸子は芸を売るものであり、遊女のような真似《まね》はしなかったが、支援者の旦那とは男女の仲であったのだろう。ところが、間もなく、鈴虫よりも若い芸子が頻繁に宴席へ呼ばれるようになった。名を蛍《ほたる》といった。

この蛍は若く美しい上に、芸の腕前も鈴虫に遜色《そんしょく》ないものだった。ただ一つ、歌声だけは鈴虫の方が勝っていたそうだが、鈴虫の旦那だった大店の主人は蛍の方に心を移した。

旦那は鈴虫への支援を打ち切り、蛍を支援することにしたのだという。鈴虫はその旦那の出る宴席に招かれなくなり、仕事の数は急激に減ってしまった。

「何て気の毒なお話……」

花枝が痛ましげな声で呟く。平岩は重苦しい息を一つ吐いた。

「その後、世をはかなんだ鈴虫さんは毒を呷《あお》ったのです。その時に呼ばれたのが私でした」

泰山は吾亦紅の根から作った地楡《じゆ》を用い、解毒を行った。幸い、一命をとりとめることはできた。

ただし、健康を取り戻してからも、鈴虫はもう芸子として宴席に出ることはなくなったという。

「では、鈴虫さんはその後、どうされたのですか」

「私には、三味線の師匠でもやるつもりだと言っていました。その後の暮らしぶりまでは知らないのですが、自ら命を絶つような真似はもうしないと約束してくれましたし、達者に暮らしていると思います」

と、泰山の話は終わった。

「哀れ深いお話ですね。でも、何より、鈴虫さんが泰山先生のお蔭で助かったのが本当によかったです」

花枝が心を動かされた様子で言い、竜晴と平岩も無言でうなずいた。

しばらく、一同は鈴虫の鳴き声に耳を澄ませていたが、ややあって「そういえば」と泰山が切り出した。

「近頃、患者さんやそのお身内から、寝苦しいという話をよく聞くのですが、ここにいる皆さんにそういうことはありませんか」

「妙な話だな。夏の暑さで寝苦しいというなら分かるが、涼しくて心地よい秋に寝苦しいとは……」

竜晴の言葉に、泰山が大きくうなずき返す。

「まさにそれなのだ。この季節にはめずらしい訴えでな。寝つきが悪くなったとか、悪夢で目が覚めてその後眠れなくなるとか、そうおっしゃる人が多い」

「はて、私自身はそうではないし、その手の話も聞かないが……」

竜晴が言うと、花枝も同じだと言う。ただ、平岩だけは、

「それがしは、上屋敷の敷地に住まう者たちの中に、そういうことを訴える者がいると聞いております」

と、言った。医者にかかるほど深刻でもないそうだが、一人二人の話ではないという。

「不眠や悪夢といったものが、人にうつることはあるのでしょうか」

平岩は少し心配そうな表情になって泰山に問うた。

「いえ、人から話を聞いて、そのことを強く考えすぎてしまい、眠れなくなってしまうことはあるかもしれませんが、流行《はや》り病のようにうつるものではありません。ただし、悪夢の方は……」

泰山はそこで口を閉ざし、竜晴の方に目を向けた。竜晴は平岩に向かっておもむろに口を開く。

「怪異の類が悪夢を見せることがあるか、というお尋ねでしたら、ないとは言い切れません。しかし、祟《たた》りを為《な》そうという相手に限ったことが多く、害を被《こうむ》る人が幾人もいる場合は、その方々の間に地縁なり血縁なりがあるものですが」

「つまり、ある一族の者、もしくは同じ村の住人――そういう人々がまとまって悪夢を見せられるということですか」

「そうですね。今、泰山と平岩殿から聞いた話だけでは、何とも言えません。ですが、気になる話ではありますから、何か新しく耳に挟むことがあれば、お教えください」

竜晴の頼みに、泰山と平岩はすぐに承知し、花枝も旅籠の客たちに話を聞いてみると請け合った。

その時、「ああ、疲れた」と大輔が荒い息で戻ってきたので、花枝が隣に座るようにと促す。

「あら、玉水ちゃんとおいちちゃんは?」

「あっちで一緒に休むんだって。何か二人きりで話したいみたいだったから、俺は遠慮したんだ」

「二人きりって、一人と一匹でしょ」

花枝が笑いながら言うが、正確には二匹だと、竜晴は胸の中で考える。

見れば、玉水がおいちを抱き上げて、庭の隅の方に佇んでいた。真ん中のおいちを囲むように、人型の小烏丸と抜丸がいる。おいちと話せないでやきもきしていた付喪神たちのため、玉水が気を利かせたものらしい。

こうして楽しく過ぎていった虫聞きの会は、夜五つ(午後八時頃)にはお開きとなり、花枝と大輔は迎えに来た奉公人に付き添われ、帰っていった。平岩はやって来た時と同じように、おいちを抱き上げる。

「また呼んでください」

おいちは満足した様子で挨拶し、平岩と一緒に帰っていった。玉水も別れ際こそ寂しそうな顔を見せたものの、しばらくぶりにおいちに会えて気持ちも晴れた様子である。

最後まで残った泰山だけは、

「いつもは何ということもないが、こういう賑やかな時を過ごした後は、誰もいない家へ帰るのが侘《わび》しくなるな」

と、ぼやいていたが、

「ふむ。そういうことなら、かつてのようにここで寝泊まりしていくか」

と、竜晴が言うと、首を横に振った。

「前の時は、患者の治療という真っ当な理由があった。侘しいからといって寝泊まりさせてもらっていては、悪い癖になるだけだ」

そう言い切ると、寂しげな背中を見せつつ、泰山は帰っていった。

三

翌十四日の朝、泰山はいつも通りに小鳥神社へやって来た。

「竜晴、昨日は世話になった。畑に水やりさせてもらうぞ」

という泰山の声を聞き、竜晴は縁側へ出ていった。その顔を見るなり、

「おお、顔色は悪くないな。ふつうに眠れただろうな」

泰山が真っ先に問うたのは、昨夜話題になった不眠と悪夢の件があったからだろう。

「ふむ。お前も大事なかったか」

竜晴もまた同じことを問い、泰山は大丈夫だと答えた。その挨拶が済むと、泰山は水やりを終えてからいつものように往診へ出かけていき、竜晴は部屋へ戻って障子を閉めた。

それを待ちかねたかのように、小烏丸が庭先へ舞い降りてくる。

「医者先生はいつもと変わりなかったな」

羽を畳み終えるのも待たずに語りかけた相手は、縁側の下からするすると這い出してきた抜丸である。

「それが何だというのだ」

抜丸の物言いは冷たい。

「何だといって、医者先生が沈み込んでいれば、竜晴とて気にするだろう。竜晴が気にかけるのであれば、我らが気を揉《も》むのは当たり前だ」

「まったく、竜晴さまのお気をわずらわせるなど、本来人間には許されぬことだ。しかし、竜晴さまが本当にそこまで……」

抜丸は独り言のように言い、いったん障子の向こう側に目を向けたが、奥の反応はない。竜晴の人並みならざる力をもってすれば、こちらの会話を聞かれているのは当然で、そのことは二柱とも承知している。

だが、そうだとしても聞こえよがしにしゃべるのは気が引けるもので、抜丸は縁側から離れるように庭へ這い出した。小烏丸も何も言わず、抜丸のあとを追う。

「竜晴さまは、医者先生のことをそんなに気にかけておられると思うか」

抜丸は庭の端の草むら――吾亦紅の花の前で止まると、改めて小烏丸に問うた。

「我はそう思うぞ。医者先生が寂しがっているのを知って、虫聞きの会を行ったのもそうだが、まあ、あれは玉水のためでもあった。だが、昨晩は医者先生に泊まっていってもいいと、竜晴は言った」

「確かに、あれには私も驚いた。かつての竜晴さまなら決しておっしゃらなかったであろう」

「それに、あの人間の娘に吾亦紅の花を贈っていた」

「あれは、他の人間が皆、断ったからそうなったというだけだ」

抜丸は苛立《いらだ》たしげに言った。

「そう……考えてよいのだろうな」

小烏丸はいつになく曖昧《あいまい》な言い方をした。

「当たり前だ。竜晴さまはあの娘の前に、医者先生とおいちの主人にお声をかけていた。その理由もおっしゃっていたではないか。医者先生なら薬として役立ててくれるかもしれない、と――。次がおいちの主人だったのは、身分が侍だからだろう。あの娘はいちばん最後だった。竜晴さまにとって、それだけどうでもいい相手だったということだ」

「ふむ、そうなのだろうな……」

歯切れの悪い物言いで、小烏丸は呟いた。

「では、何か。お前は、竜晴さまがあの人間の娘をお気に召しているとでも言うのか」

「いや、そこまでは言わない。たぶん、嫌ってはいないというほどのことだと思うが……」

二柱の付喪神は互いに目と目を見交わし、ふと黙り込んだ。いつもであれば、互いの意見を主張し合い、譲ることのない二柱だが、この時は何を言えばいいか分からなかったのだ。

かつて経験したことのないきまり悪い沈黙であったが、二柱はあまり長くそれを味わわないで済んだ。というのも、ばさばさと羽音を立てて、空から新たな客が舞い降りてきたからである。

薬草畑の横に下り立ったのは、一羽の鷹《たか》であった。

「アサマではないか」

小烏丸は驚きの声を上げた。

アサマは旗本の伊勢貞衡《さだひら》が飼っている鷹であるが、本来は伊勢家に伝わる無銘の弓矢の付喪神だ。伊勢家ではそのことは知られておらず、ふつうの鷹のふりをして暮らしている。

一日一度、自在に空を飛び回ることを許されており、しばしば小烏神社に遊びに来ているが、それでもこんなに朝早くから来たことは一度もない。

「よくもこんな時刻に、空へ放ってもらえたな」

抜丸も驚いている。

「火急のことゆえ、盛んに鳴き騒いでみたところ、鷹匠《たかじょう》殿が空へ放ってくれたのだ。まあ、扱いかねたということであろうが」

と、アサマは答えた。

「そんな真似をして、妙な鷹と思われたら、空へ放ってもらえなくなるのではないか」

抜丸が気を揉んだが、「それは大事ない」とアサマは自信ありげである。

「ふだんから聞き分けのよい鷹を演じているゆえ。それよりも、火急の用で参ったのだ。急ぎ、宮司殿に会わせていただきたい」

アサマは羽をばたつかせ、慌ただしく言った。ふだんから礼儀正しく、無作法な真似などいっさいしないアサマにしてはめずらしい。

その時、縁側の腰高障子がすっと開いた。

「火急の用とはいかなることか」

竜晴は挨拶すら省き、アサマにまっすぐ目を向けると、いきなり問うた。

「我が主《あるじ》のことでお願いの儀があり、まかり越した」

アサマは重々しく答えた。武家で飼われているうちに、飼い主を真似るようにな
ったものか、まるで武士のような物言いや振る舞いが板についている。

「ふむ。そういうことなら、中で話を聞こう。まずは入るがよい」

竜晴はアサマを部屋の中へ招き入れ、小烏丸と抜丸も共に中へ入った。

中では、玉水が竜晴に貸してもらったらしい書物を開いていたが、

「あ、アサマさん」

と、顔を上げて笑顔を向けた。

客といっても、ものを食べたり飲んだりするわけではないので、玉水もそうした
支度をする必要はない。そのまま部屋に留まり、皆でアサマの火急の用件とやらを
聞くことになった。

「伊勢殿に何かあったということだが……」

竜晴が促すと、アサマは「さようでござる」と切ない調子で答えた。

「我が主は近頃、体の調子を損ねておられる」

「お加減が悪いということか。寝込んでおられるのか」

「いや、さようではござらぬ。むしろおとなしく寝ていてくだされば、こうも案じはしないのだが」

アサマがやきもきしながら言う。

「もしや」

と、その時、竜晴が表情を引き締めた。

「伊勢殿は眠れないか、悪夢にうなされるかで、お体を崩されたのか」

竜晴の言葉に、アサマが全身を震わせる。

「まさにそれでござる。それがしの見るところ、どうやら悪夢にうなされておられるようだ。そのせいで、お顔の色もあまりよくない」

「病人として床に就いておられるわけではないのだな」

「さよう。ご出仕などはしておられる」

心配でたまらないという様子で、アサマは言った。

「なるほど、明日の十五日は寛永寺で虫聞きの会が行われ、伊勢殿も招かれたと聞いているが、それにも出るおつもりであろうか」

「我が主は武士であるからして、足腰が立たぬなどということでない限り、お約束は守られると存ずる」

アサマはこの時だけは胸をそらして断言した。

「ならば、明日の晩、寛永寺でお会いした際、私から直《じか》にお加減を尋ねてみよう。無論、おぬしのことは悟られぬようにする」

竜晴は請け合ったが、アサマはそれでもなお心配そうであった。

「我が主は、つらく苦しい時にも、口では大事ないとおっしゃるのだが……」

「それも踏まえて、しかと確かめるゆえ安心してもらっていい」

「竜晴、よろしく頼む」

小烏丸は黙っていられずに口を挟んでいた。はっきりとした理由は自分でも分からない。だが、伊勢貞衡の身に何かあると聞けば、まるで首を絞められたような苦痛と不安を覚えるのだ。

「大丈夫だ」

そう言った時の竜晴の声は、小烏丸にはいつもより優しく聞こえた。

「いずれにしても、泰山から似た症状の人のことを聞いたばかりだ。伊勢殿の容態も同じかもしれない。他にもそういう症状の人がいるのであれば、原因を探る必要が出てこよう」

竜晴はアサマに泰山と平岩弥五助から聞いた話を伝え、それからしっかりと告げた。

「伊勢殿とは、これまでも共に怪異と戦ってきたご縁がある。小烏丸や抜丸がかつて主人と仰いだ平家一門と血のつながりもおありだ。病であれば泰山に頼むとするが、怪異であれば私が必ずお救いする。いずれにしても、いたずらに不安がることはない」

「感謝する、宮司殿」

アサマは声を震わせて頭を下げた。

それから、主の様子が心配だと言い、それ以上は長居をせず、伊勢家の屋敷へと帰っていった。小烏丸は縁側で見送りながら、自分もまたアサマを追いかけていきたい気持ちに駆られ、そうなったことに自分でも驚いていた。

見上げていた空から目を地上へ戻すと、竜晴と抜丸の目がじっとこちらを見つめていた。

竜晴も抜丸も何も言わず、小烏丸もまた何も言葉を返さなかった。ただ、どことなく息苦しさを覚え、小烏丸は逃げるように、いつもの庭木の上へ舞い上がっていった。

三章　悪夢と獏の札

一

翌八月十五日の夕暮れ時、空は晴れ上がっていた。竜晴は玉水を連れて、寛永寺へ出向く心積もりである。

「承知のことと思うが、大僧正さまは法力《ほうりき》を持つお方ゆえ、人に見えぬものが見え、聞こえぬものが聞こえる。無論、お前の正体も知っておられる。とはいえ、他の人は何も知らぬから、お前も気狐であることを悟られぬようにしなければならない。大丈夫だな」

「はい、宮司さま」

玉水は素直に答えた。

ただし、いつもは小烏神社から出たことがないため、お出かけという事態にわくわくする気持ちが止められないようだ。

「おぬし、まことに大丈夫か。狐《きつね》の尻尾《しっぽ》など出すのではないぞ」

すでに人型になっている小烏丸が疑わしげな目を向けて言う。

「失礼ですね、小烏丸さん。私はそんなへまはしませんよ」

ぷっと頬を膨らませた玉水のことを、抜丸もまた、疑わしそうな目で見ていた。

「まあ、いい。玉水に危うげなところがあれば、お前たちが助けてやってくれ」

と、竜晴は小烏丸と抜丸に言った。

「お任せください、竜晴さま」

抜丸がすかさず言う。

「私はいついかなる時も、竜晴さまの手足となって働くことができます。玉水がへまをやらかした時には、私が人に悟られぬよう処置いたしましょう」

「だから、私はへまなんか……」

と、玉水が言いかけたが、抜丸に睨《にら》まれて口を閉ざした。

「お招きにあずかったのは、伊勢殿と私だけのようだが、伊勢殿のご家臣や寺の者たちもあちこちにいるだろう。それゆえ、くれぐれも粗相のないようにな」

小烏丸と抜丸にも念を押してから、竜晴は彼らを伴って寛永寺へ向かった。

「お寺でも、月見団子は出るんでしょうか」

玉水は道すがら浮き浮きとした調子で言う。

「月見団子は中秋の晩に用意するものゆえ、おそらく振る舞ってくださるとは思うが」

「楽しみです。一昨日《おととい》の晩に食べたお団子も美味《おい》しかったです」

「お前は団子が好きなのか」

「はい。お米で作ったものですから」

月見団子は月に捧《ささ》げるものであるが、そもそも秋の実りを感謝して神に供えるという意もあるようだ。狐は豊穣《ほうじょう》を司《つかさど》る宇迦御魂《うかのみたま》に仕えているのだから、米が好きなのは当然である。

「そういえば、一昨日の晩の団子も、お前と大輔殿で大半を食べきっていたな」

「はい。付喪神の皆さんは何も食べませんし、人間も大人の人はあまり食べないものなんですね」

玉水はさも新しい発見でもしたかのように言う。

「それはただ、お前と大輔殿が食べたがっているのを知って遠慮していたのだ。少なくとも、平岩殿や泰山、花枝殿はそうだろう」

「なあんだ、そうだったんですか。人間って、子供に遠慮する生き物なんですねえ」

玉水は感心した様子で言う。

「それはともかく、今日はお前も多少は遠慮した方がいい」

「それじゃあ、今日はお団子は食べられないんですか」

玉水はしょんぼりと萎《しお》れて呟いた。

「食べてもいいが、他の人と同じくらいの量にしておきなさい。さもないと、皆から妙な目で見られるかもしれない」

玉水の正体を知る天海が不快に思うことはないだろうが、食べるとなれば、人間の何倍も食べてしまう玉水である。それを妙に思う者が出てくれば、無用の騒ぎになりかねない。

「竜晴さまのおっしゃることに、いちいち口答えする奴があるか」

後ろを歩いていた抜丸が、玉水を叱りつけた。

「分かりました。それじゃあ、今日は宮司さまよりたくさん食べてしまわないように、気をつけます」

玉水が少し元気を失くしながらも、真面目に答えた。

「いや、そこまでしなくていいが、今宵は虫聞きの会だ。お前も鈴虫や蟋蟀の鳴き声を聞き分け、満月を見て心を澄ませるといい」

「はい。満月を見てお団子を思うことにします」

いつものように嚙み合わない言葉を交わしながら、やがて、竜晴たちは寛永寺に到着した。庫裏《くり》へ出向くと、いつも案内をしてくれる小僧が現れ、

「ようこそお越しくださいました、賀茂さま」

と、笑顔で挨拶する。

「そちらが、賀茂さまのお弟子さんなんですね」

「玉水といいます。よろしくお願いします」

玉水が抜丸からしつけられた通りに挨拶する。

「なるほど。将来は巫女《みこ》さんになるんですか」

小僧は玉水を女の子と思ったようだが、誤解は解かずに放っておく。

「今日は庫裏の裏庭の方へご案内するように申し付かっております。どうぞ」

と、小僧は自ら草履《ぞうり》を履いて外へ出、庫裏の建物に沿う形で裏庭へと案内してくれた。

「おお、賀茂殿。よくぞお越しくだされた」

すでに裏庭に出ていた天海が顔を綻ばせる。庭には四阿《あずまや》が設けられており、そこでものを飲み食いできるようになっていた。さらに、庭のあちこちに床几《しょうぎ》も用意され、疲れた時にはそこに座れる仕組みのようだ。

すでに八十歳を超えた天海の体を考えてのことと見えるが、本人はいたって元気で矍鑠《かくしゃく》としている。

「ほう。こちらが玉水か」

天海と玉水は初対面ではない。狐の玉水が四谷の稲荷神社で化け狐に捕らわれていた時、顔を合わせている。しかし、人の姿をした玉水との対面は初めてのことであり、天海はしげしげとその様子に見入っていた。

「あのう、今日は私までお招きくださり、ありがとうございました」

玉水は若干緊張した面持ちで挨拶した。

「いやいや、拙僧《せっそう》はおぬしのまことの主とも顔なじみなのでな。固くなることはない」

天海は磊落《らいらく》に言い、竜晴の背後に従う抜丸と小烏丸にも目を向けたものの、周りの耳があるためか、声をかけはしなかった。

「今宵はゆるりとしていってくだされ。春先からあれやこれやと怪異沙汰が続き、賀茂殿もお疲れでござろう。この先も何があるかは分からぬが、ひとまず今宵くらい、安らかに過ごそうではありませぬか」

と言う様子から察するに、天海は例の不眠と悪夢に悩む人々のことは耳にしていないらしい。

「ところで、伊勢殿はまだでしょうか」

「もう間もなくお見えになるであろう」

ならば、例の話は貞衡が来てからの方がよいだろうと考え、竜晴は話を変えた。

「この秋、公方《くぼう》さまの鷹狩りが行われると聞いておりましたが、あれはどうなりましたか」

鷹狩りをするのなら、ちょうどこの時節である。しかし、大掛かりな鷹狩りになるという話だったわりに、その計画については漏れ聞こえてこない。

「ああ。その件については取りやめるよう、拙僧が上さまに進言いたした」

「取りやめ、ですか」

「さよう。春先からの怪異も気になる上、拙僧の占いによれば、この先、西の方から禍々《まがまが》しい風が吹きつける恐れもあったゆえ」

「西の方から禍々しい風……」

「まだしかとしたことは申せぬが、事が起こり次第、賀茂殿にはお力添えいただくことになろうかと存ずる。お心に留めておいてくだされ」

天海は重々しい口ぶりで言ったが、すぐに深刻そうな様子を消すと、

「ああ、鷹狩りの話でしたな」

と、ふつうの声で続けた。

「拙僧の進言を受け、上さまも鷹狩りの支度を中断するようご命じになられた。その時はまだ中止と決まったわけではなかったのだが、その後、支度を再開したとは聞かぬゆえ、おそらくこのまま中止になると思われる」

「なるほど。それが無難でございましょう。大僧正さまの占いも気になるところで

ございますし」

「占いも、とおっしゃるところをみると、他にも懸念《けねん》することがおありかな」

天海は竜晴の言葉を聞き逃さなかった。

「さすがは大僧正さま。ただし、それについては伊勢殿がお見えになってから、お話ししようかと思います」

天海は一瞬、竜晴の顔色を探るように見据えたが、すぐに目をそらし、

「それでは、伊勢殿が参られるまで、あちらの四阿で待とうではござらぬか」

と、竜晴を誘った。

「玉水たちはどうするかな」

他の者がいないのを踏まえてか、天海が問うた。

「ええと……」

玉水は返事に迷っていたが、

「おぬしが一人で庭をうろうろすれば、皆から奇異に見られる上、迷惑にもなる。竜晴のそばにいるがいい」

と、小烏丸が後ろから言った。

「子供のことゆえ、奇異な目では見られまいが、まあ、心配なら連れていこう。玉水よ、四阿の方には月見団子も用意してある」

天海が玉水に目を向けて言うと、

「え、本当ですか」

と、玉水はすぐに笑顔になった。

「これ、玉水」

と、小鳥丸が注意を促す。

「あ、そうでした。あんまり食べちゃいけないんでした」

玉水は照れ笑いしたが、

「愚か者め」

と、今度は抜丸の叱声《しっせい》が飛んだ。

「そんなことを口に出して言う奴があるか」

「何の、何の。玉水に遠慮などを覚えさせてもよいことはない。四阿にはむやみに近付かぬよう、寺の者どもには言うてあるゆえ、さほど気をつかわずともよい。月見団子も好きなだけ食べればよかろう。まあ、伊勢殿の目だけは気にしてもらわねばならぬだろうが」

天海は玉水に存外優しい声で言った。玉水が期待のこもった目を向けてくるので、竜晴は天海の言う通りにすればいいと告げる。

そうして一同は四阿へ移動し、玉水がご機嫌で月見団子を食べ始めた頃、日も完全に沈み、暮れ六つの鐘が鳴り始めた。鐘楼の場所は少し離れているとはいえ、この寛永寺で撞《つ》いている鐘であるから、ひときわ大きく聞こえてくる。

「ひゃっ、まるでこの辺り一帯が震えてるみたいですね」

玉水は初めての経験に吃驚《びっくり》してしまったようだ。

旗本の伊勢貞衡が家臣二人を伴い、庭に現れたのは、その鐘が鳴りやんでからややあった頃のことであった。

二

四阿まで小僧に案内されてきた貞衡を迎え、天海と竜晴は立ち上がった。それを見て、玉水も団子を飲み込み、急いで立ち上がる。

「大僧正さま。この度は虫聞きの会にお招きくださり、まことにありがたく存じます」

貞衡は深々と頭を下げて挨拶した。

「いや、こちらこそ。来てくださってありがたい。それよりも」

天海が貞衡の顔をじっと見据える。

「日が沈んでいるせいか、伊勢殿の顔色があまり芳《かんば》しくないように見えるが……」

「はあ。確かに溌溂《はつらつ》としてはおりませぬが」

貞衡は困惑気味に答え、小さく息を吐いた。

「少々お加減が優れぬようにお見受けします。お座りになったらいかがですか」

竜晴が声をかけ、天海も「こちらへ」とすぐに腰かけるよう勧めた。

貞衡は四阿の腰掛けに座ると、家臣たち二人に下がっているよう命じたので、竜晴も玉水に庭を見てくるようにと告げた。小烏丸と抜丸は話し合っていたようだが、抜丸が玉水についていき、小烏丸がこの場に残ることにしたようだ。

貞衡の体調が優れぬことを気に病んでいた小烏丸は、心配そうな表情をしている。

それにしても、残照の薄暗い中での対面とはいえ、貞衡の顔色は本当にくすんでおり、少し痩せたふうにも見えた。いつもは全身に気力がみなぎっているようだが、この日は目の光も失せ、すっかり精彩を欠いている。

「どこか、悪くされましたか」

竜晴は尋ねた。

「いや、どこを悪くしたというわけでもないのですが」

貞衡は言い淀《よど》んでいる。旗本の体面もあろうと考え、竜晴は自分から水を向けることにした。

「ところで、医者の立花泰山より聞いた話なのですが、近頃、しきりに不眠を訴える人が出ているのだとか。中には悪夢に苦しむ人もいるようで」

「何と……」

貞衡の顔色が明らかに変わっていた。

「賀茂殿よ。それが先ほど、後で語ると申されていた話ですかな」

天海が真剣な調子で尋ね、竜晴は「はい」と答えた。

「泰山は病なのか怪異なのか分かりかねているようでしたが、少なくとも悪夢に関しては、怪異の見込みが高いと私は思います。一人二人でなく、何人かに見られる症状ならばなおのこと。実は一昨日の晩、尾張家ご家臣の平岩弥五助殿にお会いしたのですが、ご自身は思い当たらぬものの、お家《いえ》にそういう方がいるとおっしゃっておいででした」

「何と、尾張家に……」

話が御三家の一つに及んだせいか、天海の声の深刻さが増した。

「それで、今、伊勢殿のお顔を拝して思ったのです。もしや、伊勢殿も同じ異変をご自身のお体で感じておられるのではないか、と」

竜晴は口を閉ざして、貞衡の顔をじっと見つめた。

「いや、そこまで察してしまわれたのであれば、もはや隠し立てなど無用でございますな。まさに賀茂殿のおっしゃる通り、ここしばらく悪夢に悩まされ、なかなかゆるりと休むことができぬありさまで」

「それが、お顔色の優れぬ要因ということでござったか」

天海が貞衡に労《いたわ》りの眼差しを向けて呟いた。

「悪夢とはどのようなものか、覚えておいでですか」

竜晴が問う。

「それについては、何とか覚えている時もあれば、まったく覚えていない時もあるのですが……」

「もちろん、覚えている時のことでよいのですが」

「ふむ」

と、貞衡は少し考えるようなそぶりを見せた。ややあってから、

「わりと頻繁に見る夢というのがあります」

と、おもむろに口を割る。竜晴と天海は目と目を見交わした。

「その時々によって状況は違うのですが、とにかくそれがしの目の前で刀が水の中へ落ちていくのです。それがしはそれを何としても掬《すく》い上げねばならぬと思い、自らも水の中へ飛び込むのですが、後はただ深い水の底へ沈んでいくばかりで……。いくら手を伸ばしても刀には追い付けず、やがて息が苦しくなってきたかと思うと、目が覚める、といった具合です」

「なるほど、その刀とは見覚えのあるものですか。また、水の中とは海でしょうか。あるいは川や湖なのでしょうか」

「いえ、刀は立派な拵《こしら》えなのですが、少なくともそれがしがこれまで見たことのな

いものです。ただ、毎回同じ刀かと言われると、定かではないのですが……」

少し自信なさそうな口ぶりになる貞衡に、「それはかまいません」と竜晴は穏やかに答えた。

「場所はおそらく海であろうと思われますが、もしかしたら大きな湖かもしれません」

と、こちらもはっきりしたことは分からないと言う。

「しかし、そうした夢を頻繁に御覧になるのであれば、なかなか安心してお休みになることもできますまい」

天海が訊くと、「まったくもって」と貞衡は力のない声で呟く。

「いかがであろう、賀茂殿。こうした悪夢に関する処置としては、獏《ばく》の札を枕もとに置くというのが古来言われてきた手法かと存ずるが」

天海の言葉に竜晴はうなずいた。

「獏は悪夢を食らうと言われる怪異。もっとも、この国に古くからいた妖ではなく、異国から伝えられたものでございまして、私も本物を見たことはございません。もし知り合いの獏がいましたら、伊勢殿のもとへ遣《つか》わすことができたのでございます

が、

「はあ、生憎《あいにく》なことに――」

「はあ、獏の知り合い、ですか」

どう返せばいいか分からないという様子で、貞衡が呟く。

「とはいえ、本物の獏でなくとも、獏の絵を描いた札にも効き目のあることが分かっており、一般にはそのお札を使うのです。私のところでも用意できますが、力をこめる呪法《じゅほう》を施さねばなりませんから、でき次第、お屋敷へお届けに上がりましょう」

竜晴が言うと、貞衡は竜晴の訪問を丁重《ていちょう》に辞退し、自分の家臣を小烏神社へ向かわせると告げた。

「それでは、明日の昼以降、取りに来ていただけますでしょうか」

「しかと承った。まことにもってかたじけない」

貞衡は丁寧に頭を下げた。

「お加減のあまりよろしくない時に、かようなお誘いをしてしまい、かえってよくなかったであろうか」

天海が貞衡に恐縮した様子で言う。

「いえ、よく眠れぬだけで、どこが悪いというわけではありませぬゆえ、お気遣いなく。むしろ、虫の声に耳を澄ませていれば、心も体も休まるでしょう。それがしにとっては、ありがたいお誘いでございました」

「さようか。されど、そういうことなら、人参茶《にんじん》などご用意させよう。少し苦いが蜜を入れて飲めば、わりと飲みやすいものですぞ」

天海の言葉に、貞衡はとんでもないと首を振った。

「人参は異国からしか手に入らぬ貴重な薬ではありませぬか」

「さよう。しかし、拙僧は上さまからの賜《たまわ》りものがありますゆえ」

「でしたら、なおのこと頂戴《ちょうだい》するわけにはまいりませぬ。大僧正さまのお体のため、上さまが格別にご用意なさったものでしょうに」

貞衡はしばらく固辞していたが、天海から強く言われて最後には承知した。せっかくだから煎じる前の人参をお見せしようと天海が言い、貞衡と二人、立ち上がって庫裏へと向かった。

二人の姿が遠のいていくと、四阿は竜晴と小烏丸だけとなる。

「なあなあ、竜晴」

さっそく小烏丸が話しかけてきた。

「あのお侍の悪夢は獏の札で祓《はら》えると思うか」

「ふむ。悪夢を見せているのが、大した力を持たぬ妖であれば、まず問題あるまい。ただし、それが相応の脅威であれば、何とも言えぬ」

「そのような脅威があのお侍を襲うと、竜晴は思うのか」

小烏丸の顔色は少し蒼《あお》ざめて見えた。

「それは十分にあり得るだろう。お前だってよく分かっているはずだ。伊勢殿はこれまで幾度も狙われてきた」

この上野の山で正体不明の鷹に襲われた事件に始まり、貞衡に仕える鷹匠が術によって操られた事件もあった。これらは明らかに貞衡もしくは伊勢家を狙ったものであるが、一方、それ以外の江戸を襲った脅威に貞衡が関わったこともある。

「お前は前々から伊勢殿のことが気になってたまらないと言う。無論、平家一門の血を引く方なのだから、お前と無縁というわけではない。それでも、同じく平家ゆかりの抜丸は、さほどあの方に執心しておらぬ。お前はその後、何か気づいたことや思い出したことなどはないのか」

竜晴が問うと、小烏丸は悲しそうに首を振った。

「思い出せたことはない。だが、あのお侍に会うたびに懐かしい気持ちになるのは確かだ。だから、あのお侍はかつて我の知っていた誰かに似ているのだと思う」

「それならば、お前があの方を救おうとした時、叫んだという『四代《しだい》さま』――すなわち平重盛《しげもり》公である見込みが最も高いだろうが」

「なあ、竜晴。その場合、あのお侍は、我のかつての主の生まれ変わりということになるのか」

小烏丸はいつになく、こわごわした様子で問うた。

「それはあり得ぬ話ではない。しかし、そうだとしても、あの方が前世の記憶を持っておられるわけではないだろう。仮にお前の記憶が戻ったところで、あの方はあくまで伊勢貞衡殿だ」

「うむ。その通りだ。人の生涯はあまりに短い。我はそのことをよく分かっている」

自分に言い聞かせるように小烏丸は言う。

コロコロコロコロコロ、と蟋蟀の鳴き声が耳に届いた。小烏丸は遠い日の記憶に思いを馳せるかのように目を閉じていた。

竜晴は声をかけず、しばらくの間、そっとしておいた。

三

翌十六日の小烏神社では、玉水が部屋と縁側を出たり入ったりし続けて、落ち着かないことこの上ない。

「少しはじっとしていないか」

何度目に玉水が縁側へ出た時であったか、縁側の下から這い出してきた抜丸が見かねて声をかけた。

「そうしてうろうろしていることが、竜晴さまのお邪魔になると分からないのか」

「でも……」

玉水は訴えかけるように言い、庭の木の上を見上げる。その枝には、カラスの形をした小烏丸がとまっているはずなのだが、何の反応もなかった。

小烏丸も付喪神であるから、抜丸や玉水の会話は聞こえているはずだ。いつもなら舞い降りてきて、会話に加わろうとするのに、今日はまったく動きを見せない。あえて無視しているのか、聞こえていても、ほとんど頭の中に入っていないのか。

「まあ、あやつなりに思うところがあるのだろう。たまにはそっとしておいてやるがいい」

抜丸は鎌首をもたげて言った。

「小烏丸さん、ずっとあんな調子で。伊勢家のお侍さまのことが心配でたまらないんですよね」

自分も小烏丸のことが心配でたまらないという様子で、胸に手を当てつつ、玉水が言う。

「まあ、そうなのだろう。しかし、竜晴さまが獏のお札を渡してくださるのだから、万事よくなるに決まっている。小烏丸にしろアサマにしろ、少し考えすぎというものだろう」

「いや、小烏丸が思いにふけっているのは、それだけでもあるまい」

その時、竜晴は縁側へ出て会話に加わった。

「あ、宮司さま。じっとしていなくてすみません」

玉水がぴょこんと頭を下げる。

「いや、いい。もう伊勢殿にお渡しする札も描き終えた」

竜晴は言い、庭木の枝に目をやった。枝や葉に遮《さえぎ》られてはいるが、黒い羽の一部が見える。竜晴が現れても、小烏丸に反応はなかった。

「ところで、竜晴さま。あやつが思いにふけっている理由がそれだけでないとは、どういうことでしょう。他にあやつの懸念することがあるというのですか」

抜丸が問うた。

「懸念というより、小烏丸は心の底から記憶を取り戻したいと願い始めているのだろう」

「では、これまであやつは、本気で願っていなかったのですか。私にはそうは見えませんでしたが……」

抜丸が不可解だという調子で呟く。

「無論、これまでも本気で願ってはいただろう。本体の刀の在処も早く突き止めたかったはずだ。私もその気持ちは分かっていたが、きっかけがなかった」

「きっかけ、ですか」

「そうだ。記憶を失くすことは人でも起こり得るが、気合で戻るものでもない代わりに、ちょっとしたきっかけで戻ったりするものらしい」

「伊勢家のお侍に出会ったことが、あやつにとってのきっかけだったのでしょうか」

「それはある。だが、伊勢殿を鷹からお守りするという功績を上げながら、小鳥丸には記憶が戻らなかった。伊勢殿に何らかの愛着を抱いていることは確かだが、その理由がいまだに分からぬ。ところが、先日、ここに尼君が現れた時、小鳥丸は言っただろう。前に会ったことがあるような気がする、と」

「はい。確かに、これまでにはないことでした」

「そうだ。もしかしたら、記憶の端緒をつかみかけているのかもしれない。それには、あの尼君が何者か、突き止めたいところだが……」

竜晴は抜丸に思い出したことはないかと尋ねてみたが、抜丸は鎌首を左右に振った。

「日が経《た》つにつれ、私も前に見かけたことがあったように思えてきたのですが。平家御一門の奥方や姫君たち、ひいては仕えていた女房《にょうぼう》の顔なども思い浮かべてみたのですが、なかなか。私はあやっと違い、傍流である頼盛《よりもり》さまの刀でしたし、嫡《ちゃく》流《りゅう》の方々の中には顔をよく知らぬ人もいて……」

抜丸はもどかしげに言った。

「あの声のきれいな尼さま、その後、来てくれませんねえ」

その時、玉水が話の流れとは若干ずれたことを、突然口走った。そののんきそうに聞こえる口ぶりが癪《しゃく》に障ったものか、

「別に竜晴さまはあの尼が来るのを待ち望んでおられるわけではない」

と、抜丸が厳しい声で言った。玉水は気にするふうもなく、

「次にいらしたら、ちゃんとつかまえなくちゃいけませんね。それで何者か吐かせるんでしょう？　小烏丸さんの記憶を取り戻すためですから、頑張ります」

と、妙なところで張り切っている。

「吐かせるって、尋問や拷問でもするつもりか」

あきれた様子で、抜丸が呟いた。

「小烏丸さんのためなら何でもしますよ。でも、あの人、生身じゃないんですよね。だったら、拷問ってどうやればいいんでしょう」

玉水はそう言って、竜晴を見上げた。

「まあ、悪霊と決まったわけでもないのだから、そう物騒なことを考えないでもいいだろう。悪霊であればそれに見合う対価を支払わせる方法はいくらでもある。それより、抜丸は尼君の素性《すじよう》に思い当たったら、すぐに言ってくれ」

「かしこまりました」

抜丸がにゅうっと鎌首をもたげて答える。

「では、玉水よ。伊勢家のご使者の方ももう間もなく見えられる。お前はすぐにでも取り次ぎに出られるよう、部屋で待っていなさい」

「はい、分かりました」

玉水も素直に言い、竜晴と共に部屋へ入った。腰高障子を閉めたところで、

「あ、これが伊勢家のお侍さまにお渡しする貘の札というやつですか」

玉水が声を上げた。竜晴の机の上に置かれていた札をさっそく見つけたようだ。

「変な生き物ですね。これが貘なんですか」

玉水は札に描かれた絵にじっと見入っている。

「ふむ。私も見たことはなく、これも文献にある一つの形を描いたものであるのだ

が、鼻は象、目は犀《さい》、尾は牛、足は虎で、体は熊と言われている」

「象に犀に牛に……虎、それからええと、熊……」

指を折りながら、言われた獣の名をくり返した玉水は、「象も犀も虎も見たことありません」と言った。

「その三種は私もない」

そもそもこの国にはいない獣だと告げると、「そうなんですか。宮司さまでも見たことのない生き物がいるんですねえ」と妙に感心した声で玉水は呟く。

「象と虎は絵で見たことがあります。どっちも狐より強そうですよね。牛は鈍重ですが怒らせると怖いし、熊は襲いかかってくるし……」

と、玉水は狐だった頃を思い出すのか、ぶるっと身を震わせた。

「犀はどんな生き物なんですか」

「象より小さいが似た感じの大きな獣という。この獣がよく知られているのは、鼻先に大きな角があって、その角を薬として用いるからなのだ。どんなふうに用いるのかについては、医者の泰山に聞くといい」

「はい。宮司さまもそうですけど、あの泰山先生も物知りなんですね」

「薬に関わることならば、誰よりもよく知っているはずだ」

玉水は再び貘の札に目を戻した。

「いずれにしても、こんなに強そうな獣をかき集めた貘にかかれば、悪い夢なんてすぐにやっつけられちゃいますね」

「貘は悪い夢を食らうのだ。これはただのお札に過ぎないが、同じ夢を見せない力を発揮する」

「なら、伊勢家のお侍さまも大丈夫ですね。よかった」

玉水が安心した様子で言ったところで、

「玉水よ、そろそろ玄関へ出迎えに行きなさい」

と、竜晴は促した。まだ呼びかけの声はかかっていないが、これまでにもこういうことは幾度もあり、玉水も不思議と思わずに「はい」と素直に言う。

玉水が玄関へ到着した頃、「御免くだされ」という声がして、それからすぐ玉水が使者を伴って部屋へ戻ってきた。

「ご苦労さまでございます」

と、竜晴が迎えると、二十代前半の若い侍は「伊勢家より遣わされた者で牧田《まきた》と申します」と挨拶した。

「我が主の命により、お約束の品を受け取りにまいりました。宮司さまにはくれぐれも感謝申し上げるとのことでございます」

「わざわざお越しくださり、こちらこそ恐れ入ります。お約束の品はこれにて」

竜晴は白い紙に包んだ獏の札を差し出した。

「確かにお預かりいたします」

恭《うやうや》しく受け取った牧田は少し気がかりそうな表情になると、

「大事なお札と伺っておりますが、持ち運ぶ際に注意することはございますか」

と、生真面目に尋ねた。

「さほど気をつかわれずとも大丈夫です。ただし、寄り道や往来での立ち話などはせず、お屋敷までまっすぐお帰りになるのがよいでしょう。また、到着後は、伊勢殿へ直に札をお渡しください」

「しかと承りました。必ずやそのようにいたします」

牧田は受け取った獏の札をしっかりと懐に収め、帰っていった。

小烏丸が樹上から舞い降りてきたのは、その後のことだ。

「あ、小烏丸さんだ」

羽音に気づいて、玉水が縁側の障子を開ける。

「伊勢家の侍が獏の札を受け取りに来たのだな」

小烏丸は縁側へ飛び乗り、部屋の中へ入ってきて問うた。

「そうだ。様子についてはアサマが知らせてくれるだろう。いたずらに案ずることはもうない」

竜晴の言葉に、小烏丸は全身の力をふっと抜いたようであった。

「うむ。竜晴よ。ありがたい」

「お前が礼を言うようなことではない」

小烏丸の後ろから這い寄ってきた抜丸が憎らしげな調子で言う。

「そんなことは分かっている」

いつもの調子を取り戻したのか、小烏丸が憤然と言い返した。

「それでも、我は竜晴に感謝を伝えたいのだ。それを無下にするようなことをねちねち言うところが、お前の救いようのないところだ」

「救いようのない愚か者が、誰に向かってものを言う」

と、ふだん通りのやり取りが始まったところへ、「ああ、よかったあ」とその場にそぐわぬのんきな声がした。

「小烏丸さんも抜丸さんも元気になってよかった」

心から安堵《あんど》したという様子で言う玉水の言葉に、付喪神たち二柱は互いに見つめ合う。

「玉水よ、何を言うか。元気を失くしていたのはこの愚か者だけだ」

「それに、我とて、お前ごときに案じてもらうほどのことでは……」

二柱から何を言われても、玉水はにこにこしている。竜晴は何も言わず、机の前へと向かった。

ややあってから、騒々しいやり取りは水を打ったように静まり返った。

どうして竜晴は何も言わないのかと、訝《いぶか》りながら付喪神たちは目と目を見交わしている。その様子が竜晴には目を向けずとも、手に取るように見えていたのであった。

四章　芸子の夢

一

伊勢家の使者が帰ってから、しばらくすると、泰山が往診の帰りがけに小烏神社へ現れた。竜晴が縁側へ出ていくと、

「おお、昨夜は寛永寺の虫聞きに招かれたのだったな」

と、泰山は破顔する。

「今朝方、玉水からちょっと聞いたが、月見団子の話ばかりでな。お前は楽しめたのか」

「うむ。四阿なども設《しつら》えられていて、さすがに風情のある会であった。ただ、あちらで顔を合わせた伊勢殿のお顔色が悪くてな」

と、竜晴は貞衡が悪夢に悩まされてよく眠れないという話を伝えた。

「それは、近頃の流行りと聞く症状に似ているようだ。もっとも、私が耳にする悪夢とは、巨大な犬や猫に追いかけられただの、鬼に殺されかけただの、そういった類のもので、伊勢殿のような話は悪夢とも呼べぬようにも思うが……」

「だが、ご本人がそのせいでよく眠れぬというのであれば、悪夢なのだろう」

「確かにな。このところ、私も会う人ごとに尋ねているが、やはり不眠に悩まされている人は多いようだ。あまりにひどいと訴える人には、酸棗仁湯《さんそうにんとう》を処方するようにしている」

「酸棗仁湯とは漢方の薬だな。薬剤には何を用いるのか」

「酸棗仁と呼ばれる棗《なつめ》の種と、知母《ちも》という花菅《はなすげ》の根、あとは甘草《かんぞう》、川芎《せんきゅう》、茯苓《ぶくりょう》などだな」

「茯苓とは松の根につく塊のことか」

「おお、さすがによく知っているな。そうだ。根についた塊を松塊《まつほど》といい、外側を取り除いた部分を用いる。大量に穫れるものではないので、貴重な薬剤だ」

　泰山は付き合いのある薬種問屋、三河屋《みかわや》から薬剤を仕入れ、酸棗仁湯を作っているところだという。ただし、症状を訴える人がこれ以上多くなれば、欲しい人に行き渡らなくなるのではないか心配だ、と続けた。

「そうか。お前の話を聞き、伊勢殿にも酸棗仁湯をお渡しできればと思ったのだが、難しいだろうか」

「いや、伊勢さまのお顔色は医者でない者が見ても悪かったのだろう。本当に入用な人へは融通して差し上げるべきだ。とはいえ、私も医者だ。患者さんを診《み》ずにお渡しするわけにはいかない」

泰山はきっぱりと言った。

「それはもっともだ。伊勢殿のお許しが出て、お前の都合がつけば、一度、一緒にお屋敷へうかがうことにしないか」

「うむ、そうしよう。できるだけ早く用意し、お前に知らせるようにする」

「ありがたい」

竜晴が礼を述べたのを機に、泰山は薬草畑の手入れを始めた。それが終わると、竜晴が座っている縁側の隣に腰を下ろし、

「実は、私からも今日はお前に頼みたいことがあって来たんだ」

と、泰山は切り出した。

「ほう、わざわざ私に、と言うところからすると、怪異の類に悩む人のことか」

「まさにそれだ。まだ怪異とはっきり分かったわけじゃないんだが……」

くわしく聞かせてほしいと竜晴が言うと、泰山は「うむ」とうなずいた。

「十三日の虫聞きの夜、話したと思うが、鈴虫という芸子の話を覚えているか」

「ああ。死のうとしたその人を、お前が吾亦紅を使って救った話だな」

「そうだ。とはいえ、昔の話なので、あまり偏《かたよ》った目で見ないでくれるとありがたいのだが……」

「私はそういうことはしない」

竜晴が淡々と述べると、「ああ、その通りだな。すまない」と泰山は頭を下げた。

「謝ることなどない」

「いや、お前はいつも人を曇りのない目で見ている。しかし、ふつうの人はそれができないのだ。だから、つい言わずもがなのことを言ってしまった」

「ふむ」

「まあ、とにかく、その人は芸子を辞めた後は、三味線の師匠をして暮らしていた。私も二年近く会っていなかったのだが、一昨日、急に私のもとを訪ねてこられてな。

身内に病人でもいるのかと思ったが、不眠と悪夢のことで相談したいとおっしゃる」

「なるほど、その三味線の師匠も、不眠と悪夢で悩んでいたというわけか」

「聞いたところでは、さほど重い症状ではないと私は感じたがな。見た目もお健やかそうであった。ただ、ご本人は世間で騒がれているのを聞き、自分も奇病にかかったのかと不安になったそうだ」

「世間では、不眠と悪夢が奇病扱いされているのか」

「ああ。こういう時、何かと不安を煽《あお》る人というのがいるものでな」

「なるほど。それに煽られる人も大勢いるわけだな」

「その通りだ。お前には縁のないことかもしれぬが、世の中は心の強い人ばかりではない」

　泰山の物言いは、決して心の弱い人を侮るふうではなかった。それでいて、竜晴のような心の持ち主を特別扱いするでもない。世の中にはさまざまな人がいるということを、ありのままに受け容れているのだ。そうした泰山の心の持ちようを受け止め、竜晴はうなずいた。

「それで、鈴虫さん……いや、今は本名を名乗っておられる。おくみ殿というのだが、いつも同じ夢を見るという。それは、ご自分がとある客を前に、和歌を歌っている夢なのだそうだ」

「ほう。前に後ろ盾になってくれた旦那ではないのか」

「うむ。旦那であれば、夢に見るのも分からなくないと、ご本人もおっしゃる。だが、夢に現れる人物はただの客の一人で、さほど贔屓《ひいき》にしてもらったわけでもなければ、ご自身が格別な想《おも》いを抱いていた相手でもなかったそうだ」

「それなのに、どうしてその人の夢を見るか分からないというわけだな」

「まさにそうだ。夢の中では、おくみ殿が歌を歌っていると、やがて、相手の客が立ち上がり、去っていくのだという。おくみ殿はその客を追いかけていくが、どこまで追いかけても追いつけない。まあ、そんな夢らしい」

「なるほど、それで目が覚めれば、悪夢を見たような気分の悪さがあるということなのだな」

「そうなのだろう」

「それで、おくみ殿は酸棗仁湯を欲しいと言ったのか」

「まあ、そうだ」

泰山はやや苦い口ぶりで言い、うなずいた。

「だが、処方はしなかった。顔色が悪いようにも見えず、体の調子も悪くないとおっしゃるのでな。体が求めていない薬を服用すれば害になることもある。そういう話をしたら納得もしてくださった」

「そうか。ただ、今の話だけでは、怪異の類かどうかは分からぬな。もしかしたら、虫の知らせというように、今その人の身に何かが起こっているのかもしれない」

「おくみ殿もそのお客のことは心配なさっていた。ご自分でも昔のつてを頼って、尋ねてみるという。ただし、私がおくみ殿をお前に引き合わせたいと思ったのは、この先の話によるものだ」

「ほう。まだ他にあるのか」

竜晴は横に腰かける泰山の目をじっと見つめた。

「一通りの話を聞いたところで、夢の原因に思い当たることはないか、もう一度お尋ねしてみたのだ。夢を見始めた直前に、いつもと違うことがなかったかと――」

「あったのだな」

「ああ。七月の終わりに古道具屋で買い物をしたそうだ。質《しち》から流れてきた古い扇子で、見た途端、気に入ったという。おくみ殿は三味線だけでなく、踊りも教えており、着物や帯、扇子などは、気に入るとつい買ってしまうと言っていた」

「ずいぶん余裕のある暮らしぶりなのだな」

「うむ。おくみ殿が毒を呷った一件があって、前の旦那も思うところがあったのだろう、おくみ殿のその後の暮らしが立つよう、相応のものを与えたようだ。今も持ち家に暮らしているし、三味線のお弟子さんたちからの束脩《そくしゅう》も入ってくるしで、暮らしには困っていないらしい」

「なるほど。それで、その扇子を買ってから、妙な夢を見始めた、と――」

泰山のもとを訪ねてきた日、おくみは扇子を持っていなかったので、泰山も現物は見ていないという。

「確かに、その品は気にかかる。どのくらい古いかは分からぬが、相応の時を経たものであれば、付喪神となっていることもあり得るしな」

竜晴が言うと、庭の木の上にとまっていたカラスがカアーと鳴き声を上げた。

「付喪神とは聞いたことはあるが……。その付喪神が憑いていたとして、新しい持ち主に悪さをすることはあり得るのか」

　いったん庭先へ向けた目を竜晴に戻して、泰山が尋ねた。

「いや、悪さをするとはあまり聞かない。新しい持ち主が、よほどの悪事を働いてそのものを手に入れたのでもない限りは」

「悪事を働いて、とは、たとえば前の持ち主から盗むとか、相手を傷つけて無理に奪い取るとか、そういうことだな」

「そうだ。だが、おくみ殿には関わりないだろう」

「うむ。では、その付喪神が何かを知らせるために、持ち主に夢を見せることはあるだろうか」

「それは、その付喪神の持つ力によるだろう。付喪神とは古い物から生まれた神であり、持つ力もこれと決まっているわけではない。たとえば、枕の付喪神などであれば、夢を見せることがある」

「確かに、枕の付喪神ならばそういうことをしそうだ」

　泰山は納得した様子でうなずいたが、「しかし、扇子の付喪神だぞ」と小声で呟いている。

「まあ、おくみ殿を私のところへ連れてくる折には、その扇子を持参するよう伝えてくれ」

「そのことはすでにお願いしてある」

泰山は手回しのよいところを示し、続けて竜晴にいつがいいかと尋ねた。

「私はいつでもかまわない。仮に出かける用があったとしても、せいぜいが寛永寺に呼ばれるくらいだ。その時でもすぐに戻ってくる」

「分かった。一両日のうちにはおくみ殿に会い、ご本人の都合がつき次第、早いうちにお連れしよう」

と、泰山が言うので、竜晴は承知したと答えた。

「では、今日はこれで帰る」

泰山は晴れ晴れとした顔つきで立ち上がった。

「お前のところの猫たちがいなくなった寂しさには、もう慣れたのか」

竜晴が最後に尋ねると、泰山は「そうだな」と小さく呟いた。その表情はやはり切なげであったものの、

「近頃は酸棗仁湯を作るので忙しいからな。いなくなって間もない頃のように、し

ょっちゅう思い出すことはなくなった。忙しいのも時にはよいものかもしれぬ」

と、ややさばさばした口調で答えた。

「あまり無理はしないことだ」

竜晴の言葉に「ああ」と答え、泰山は帰っていった。その後ろ姿は以前ほどの寂しさを漂わせていなかった。

二

それから二日後の十八日の朝、玉水が庭で吾亦紅の花を突いていると、泰山が現れた。

「あ、泰山先生。おはようございます」

玉水が挨拶すると、

「ああ。竜晴はいるだろうな」

と、いつになく忙《せわ》しない様子で、泰山は尋ねてきた。

「あ、はい」

と、返事をして、玉水は竜晴を呼びに行こうとしたのだが、それより早く障子が開いた。

「おくみ殿の一件か」

竜晴はいきなり問う。泰山はわずかに目を見開いたものの、うなずいた。

「実は今日、おくみの家を訪ねてみようと思う。それで、先方のご都合がよければ、今日のうちにお連れしてもかまわないだろうか」

「無論、私はいつでもかまわない」

「なら、一応、その心づもりでいてくれ」

と言い置いて、泰山は往診に出かけていった。泰山の姿が見えなくなると、玉水は竜晴のもとへ駆け寄り、

「この社に、花枝さん以外の女の人が来るなんてめずらしいですね」

と、浮き浮きしながら言った。

「まあ、霊ならば、この前、尼君が来たが……。お前は女の人が来ると嬉しいのか」

竜晴からまじまじとした目で見据えられ、玉水は少し考え込む。

「はい。どうしてかって訊かれると難しいですけど、私は昔、女の人に化けて暮らしていたから、何だかお仲間みたいに思えるのかもしれません」

玉水は遠い昔、とある姫君を見て心惹かれ、人間の女に化けた上、姫の女房として仕えていたことがある。姫君とは放ちがたい友情の絆《きずな》で結ばれていた。その執心ゆえに成仏できないでいたのだが、竜晴のお蔭で祓ってもらい、今は気狐としての霊力を得た。昔のことは前世のように遠い過去であり、もはや執心は残っていないが、往時のように女の人と仲良くしたい気持ちは残っているのだ。

「あ、でも、ここに女の人が来ると、花枝さんが嫌な気分になられるでしょうか」

ふと気になって、玉水は問うた。

「いや、お前は知るまいが、これまでも依頼のため、社を訪ねてくる女人はいた。花枝殿とてご存じだから、それくらいで気を悪くしたりはしないだろう」

竜晴は淡々と答える。

「そうなんですか。なら、よかったです」

と、玉水は笑顔を浮かべた。

「女の人がいらっしゃるなら、お花を飾った方がいいですね」

と、言ってみたが、これには竜晴の返事はない。

「秋の七草がいいけれど、女郎花《おみなえし》は泰山先生の畑の中だし……。吾亦紅の花はこの前飾ったしなあ」

庭先を見回しながら、玉水は思案をめぐらせる。

「何を飾ってもいいが、社の外まで花摘みに行くのなら、抜丸か小烏丸に付き添ってもらうように。人型になる場合は、私に声をかけてくれ」

竜晴の言葉が終わると同時に、障子が閉められた。

「人に化けるのなんて簡単なのに。いちいち宮司さまのお力を借りなくちゃいけないなんて、付喪神さんたちは大変だなあ」

そんなことを呟いていたら、「これ、玉水」と付喪神の一柱からさっそく声をかけられた。

「あ、抜丸さん」

地を這う白蛇に、玉水は目を向ける。

「私が人の姿を取るのは、竜晴さまのお役に立つためだけだ。おぬしのように、人であれば何でもよいというわけではない。竜晴さまの役に立つ人間の姿にならねばならぬゆえ、竜晴さまの術によって人型にしていただくのだ。この違いがおぬしに分かるか」

「はあ、何となく」

と、玉水が答えていたら、バサバサと羽音を立てて、もう一柱の付喪神が舞い降りてきた。

「つまりは、我の人型の方がおぬしの人型より、格が上ということだ」

その考えは何となくでも理解できなかったので、

「そうですか?」

と、玉水は首をかしげる。すると、

「まあ、おぬしには分からぬであろうな」

と、小烏丸が気の毒そうな目を向けてきた。

どうもこの付喪神たちの言い分は自分に対して不当だ、と思えるのだが、このことは誰に訴えればよいのだろう。竜晴に告げるべきか。それとも、まことの主である宇迦御魂に訴えるべきか。

何はともあれ、小烏丸が前のような調子に戻ってよかった、と思っていたら、

「ところで、皆の者」

と、小鳥丸がもったいぶった様子で言い出した。

「先ほど玉水が女人の話を持ち出した時、竜晴の言ったことを聞いていたであろう」

「これまでも宮司さまに依頼するため、女の人が社を訪ねてきたという話ですか」

玉水が答えると、「そこではない」と小鳥丸は返してきた。

「氏子の娘の話の方だ」

「ああ、花枝さんが気を悪くしたりしないっておっしゃったことですね」

「その通りだ」

「それの何が問題なんですか」

玉水はまじまじと小鳥丸を見つめて訊いた。

「竜晴があの氏子の娘の気持ちを推し量ったということが、問題なのだ」

小鳥丸はさも一大事であるかのように言う。

「それは私も同じ考えだ。竜晴さまならば、あの娘が気を悪くするかどうかは私の知るところではない、とでもお答えになるところだろうに」

と、抜丸も慌ただしい口ぶりで言った。

「そうでしょうか」

玉水だけは再び首をかしげる。

「私は別にふつうだと思いましたけど」

「何」

と、付喪神たちが同時に反応する。

「どこがふつうだと言うのだ」

抜丸が鎌首をぬっと突き出してきたので、玉水は思わずのけぞった。

「どこがって、男の人が身近な女の人の気持ちを推し量ることが、ですよ。人間なら、誰だってするふつうのことでしょ。まあ、たまにはそれがおそろしく苦手な男の人もいましたけど、宮司さまならできて当たり前ですよ」

「ま、まあ、他の人間の男どもにできることが、竜晴にできないなどということはあり得ないがな」

と、小烏丸が不承不承といった様子で認める。

「しかし、おぬしは人間の気持ちとやらに、ずいぶんと通じているようだな」

「それはまあ、人間に化けて暮らしていたことがありますから。長く人間のままでいると、何だか本当に自分が人間のような気がしてきちゃうんですよね。あ、今もそうですけど」

えへへっと、玉水は笑ったが、付喪神たちは渋い顔色である。

「それでは、おぬしに問いたいことがある。心して答えるがよい」

小烏丸が先ほど以上のもったいぶった口ぶりになって言い出した。

「あ、はい」

何となくつられて、玉水は背筋をぴんと伸ばし、話を聞く姿勢になる。

「竜晴はあの氏子の娘のことをどう見ていると、おぬしは思う」

「なあんだ、そんなことですか」

玉水は破顔した。

「ん？　おぬしにはそれが容易く分かると申すか」

小烏丸が嘴《くちばし》を突き出して問う。

「んー、はっきり分かるのかって訊かれると、そこまで確かな自信があるわけじゃありませんけど、たぶん憎からず思っているって感じじゃないですかね」

「おい、その『憎からず思う』とはどういうことだ。もっと分かりやすく、はっきりと申せ」

　抜丸がつけつけと言う。

「憎からず思うは、憎からず思う、ですよ。ええと、嫌いじゃなくて、たぶん好きなんだけど、こう、どうしてもその人でなくちゃ駄目というような、思い詰めた感じじゃなくて……」

　玉水が言い淀むと、

「竜晴が思い詰めたりするものか。想像することさえできぬ」

と、小烏丸に遮られたが、それはもっともだと玉水も思う。

「確かにそうですけど、宮司さまだって、そういう女の人にめぐり会ったら分かりませんよ。ああ、私の姫さまに会っていただきたかったな。私の姫さまなら、宮司さまだってきっと――」

　玉水はうっとりと言ったが、「そんな何百年も前の姫君のことなどどうでもいい」

と抜丸が激しい口ぶりで、玉水の夢想を打ち砕いた。

「つまり、竜晴さまはあの氏子の娘のことを、そこまでお気に召しているわけではないということだな」

「そこまでって、どこまでですか」

玉水は困惑した。

「だから、たいそう気に入っているわけではないということだ」

「そこまでくわしいことを知りたいなら、宮司さまに訊いてみればいいじゃありませんか。私だって断言できるわけじゃありませんよう」

玉水が泣き出しそうな声を出すと、ようやく付喪神たちの追及はやんだ。小烏丸と抜丸は互いに顔を見合わせていたが、「ならば本人に尋ねてみよう」とまで話が進むことはなかった。どうやら、本人に尋ねるのは気が引けるらしい。

「なら、私が訊いてきて差し上げましょうか」

と、玉水は申し出てみたが、「……いや、いい」とややあってから小烏丸に止められた。

「お二方がそうおっしゃるならいいですけど。知りたいんじゃないんですか」

その玉水の問いかけに、返事はなかった。

「あ、でも、花枝さんのお気持ちなら、私、はっきりと分かりますよ。あの人は宮司さまのことを、ものすごく深くお慕いしています。それはもう、間違いありませんね」

「……ふむ。我もそうではないかと疑ってはいたが」

と、小烏丸が悩ましげな様子で言う。

「それに、泰山先生のお気持ちもほぼ分かりますよ。あの先生は花枝さんのことが好きですね。こっちは男の人なので、まあ、花枝さんほどよく分かるってわけじゃありませんけど」

「そうなのか」

と、なぜか抜丸が明るい声を出した。

「私は、医者先生の心根にはまったく気づきもしなかったが、なるほど、あの先生は氏子の娘のことを……」

「どうしてそう嬉しそうなのだ」

小烏丸が怪訝《けげん》そうに抜丸に問うた。

「竜晴さまは医者先生のことを気にかけておられるらしい。そのことは私も何となくだが分かる。であれば、医者先生の望み通りに、氏子の娘が医者先生に靡《なび》けば、竜晴さまもお喜びになって、万事が丸く収まるというわけだ」

「そういうものなのか」

小烏丸が若干疑わしげな声で言う。

「そうだとも。竜晴さまは氏子の娘をさほどお気に召しているわけではないのだから、それが誰にとっても仕合せな成り行きではないか」

竜晴はいつの間にか、花枝のことをさほど好きではないということにされてしまっている。果たしてそういう話だったろうかと、玉水は大いに首をひねった。

「お二方は、宮司さまがどこかの女の人を好きになっては困るのですか」

先ほどから疑問に思っていたことを、玉水は思い切って尋ねてみた。

「そういうことではない。竜晴にはいずれ玉依媛《たまよりひめ》のような女人を妻に迎え、この社の後継者を儲《もう》けてもらわねばならぬ」

小烏丸がすぐに答えた。

「何で玉依媛なんですか」

「それは、玉依媛が八咫烏《やたがらす》の娘だからに決まっておろう」

と、小烏丸は胸を張る。だからといって、どうして小烏丸が威張りかえっているのか、玉水にはさっぱり分からなかった。

「玉依媛はともかく、竜晴さまがそこらの女どもをお気に召すなどあり得ぬ話だが、あってはならないことでもある」

抜丸は玉水を混乱させるようなことを言う。

「ええと、分かりにくいですけど、それはどうしてですか」

「竜晴さまの奥方になる女人が、そこらの女でいいはずがなかろう」

「そうですか。誰と番《つがい》になるかは、ご本人が好きに決めればいいと思いますけど」

玉水は己の思うところを素直に述べたが、抜丸からは「話にならん」と鼻であしらわれた。

「物事には順序がある。世の中には序列がある。ふさわしからぬ者と添い遂げようとすれば、互いに不仕合せになるだけだ」

「そういうものですか」

「まあ、玉依媛のような女人という点については、こやつと同じというのが気に食わないが、私としても反対ではない。蛇に姿を変えた大物主命《おおものぬしのみこと》が気に入った姫神だからな」

蛇というところに、妙な力をこめて抜丸は言った。

要するに、小烏丸はカラスと、抜丸は蛇と、縁《ゆかり》のある女人がお好みらしい。

(でも、宮司さまが玉依媛をお好きかどうかなんて分からないのに)

玉水はこっそりそう思ったが、部屋に飾る花を探すのを忘れていたことを思い出し、付喪神たちとの会話を切り上げた。

撫子《なでしこ》や桔梗《ききよう》があれば、女人を喜ばせただろうが、生憎、それらは咲いていない。庭を見回すと、先ほど眺めていた濃い紅色の吾亦紅が目に留まった。改めて見れば、楕円の形をした花穂が愛らしく見える。

「やっぱり、吾亦紅にしよう。おいちちゃんは好きじゃなかったけど、たぶん人間の女の人は好きなはずだ」

花枝だって喜んでいた。

竜晴から吾亦紅の花を渡されて、頬を染めていた花枝の顔が思い浮かんだ。

(あの時、宮司さまはご自分で花枝さんに花を渡された)

たとえば玉水から渡してやるようにと言うことだって、できたはずなのに。

それは、自分が直に手渡してやることが花枝を喜ばせると分かっていたからではないだろうか。玉水はふとそう思ったが、そのことは付喪神たちには黙っておくことにしたのであった。

三

玉水が吾亦紅の花を飾りつけ、そわそわしながら竜晴の昼餉《ひるげ》の支度を調《ととの》え、竜晴が食事を済ませてしばらくした昼八つ（午後二時頃）過ぎ。

「失礼する」

泰山がいつものように庭先ではなく、玄関口へやって来た。

「立花だが、お客人をお連れした」

「はい、泰山先生。すぐに開けます」

こちらはふだん通り、竜晴に客人の来訪を予知してもらった玉水が、声がかかるやすぐに戸を開ける。

「お、玉水。早いな」

「泰山先生、こんにちは」

と、二人の挨拶に続けて、「お邪魔いたします」という澄んだ女の声がする。やあって、泰山と女客は玉水に案内され、竜晴のもとへ現れた。

「こちらが、おくみ殿だ」

泰山がおくみを引き合わせ、竜晴も名乗った。

「今日は突然、お伺いして申し訳ございません。立花先生が今日でも大丈夫だとおっしゃるので、できるなら早いうちにと思い、無理にお願いしてしまいました」

おくみは慎ましく述べた。さほど大きくもなければ、高い声というわけでもないのに、とても聞き取りやすいのは、芸子としての修業を積んだためかもしれない。

色白でほっそりとしており、どことなくはかなげな風情を漂わせる女人であった。だが、泰山が言っていたように顔色は悪くない。

「いつでもよいと申したのは私の方です。大体の話は泰山から聞いていますが、ちなみに昨晩も同じ夢を御覧になったのでしょうか」

竜晴がさっそく本題に入ると、おくみは少し表情を曇らせた。

「はい。昨晩も同じように」

と言ってうなだれる。

「泰山からは、古道具屋から古い扇子を買い求められた後、その夢を見るようになったと聞きましたが」

「はい。その扇子ならば、ここにお持ちいたしました」

おくみは左の袂《たもと》から扇子を取り出すと、竜晴の膝もとへとすっと置いた。

「立花先生のお話によれば、この扇子には付喪神が憑いているかもしれないとのことでございますが」

おくみはこわごわと言う。

「まあ、さようなことがあるかもしれないので、こちらへお持ち願ったのですが、とりあえず開いてみてもよろしいでしょうか」

おくみがうなずくのを確かめ、竜晴は扇子を手に取って開いてみた。確かに古いものではあるが、竜晴が手にしたところ、これという異変のようなものは感じられなかった。

扇子の面には、秋の野と見える景色が描かれていた。薄《すすき》の穂の波打つ姿が遠景で描かれ、手前には撫子や女郎花、桔梗などが描かれている。

そして、その上には一首の歌が流れるような達筆で、したためられていた。

もえ出づるも枯るるも同じ野辺の草　いづれか秋にあはではつべき

「この歌は……」

「ご存じでいらっしゃいますか」

おくみから期待をこめた声で問われ、「ええ」と竜晴はうなずいた。

「『平家物語』の『祇王《ぎおう》』の巻にある歌ですね」

「さようでございます。私の最も好きな歌でございますの。ですから、古道具屋さんでこの扇子を見つけた時、どうしても手に入れたくなってしまいまして」

「なるほど。そういう事情がおありでしたか」

竜晴は大きくうなずいた。

一方、泰山はよく分からぬ表情を浮かべている。

「失礼。余計な口を挟んで申し訳ないが、この歌はどういうことを言っているのだ」

泰山は竜晴に目を向けて訊いた。

「『平家物語』を読んだことは？」

「そりゃあ、『祇園精舎《ぎおんしょうじゃ》の鐘の声……』くらいは知っているが、通して読んだことはないな。他にも知っている箇所はあるが、生憎、この歌には覚えがない」

泰山ははきはきと答えた後、おくみの残念そうな眼差しに気づくと、

「おくみ殿の好きな歌なのに、無知で申し訳ない」

と、きまり悪い顔つきで続けた。

「いえ、この歌を好きと言う人はあまりいないと思います。ですから、立花先生がご存じないのも無理はないのでございますよ」

おくみは少し寂しげに微笑む。

「この歌はこのような意でございます。春に芽吹くのも、いずれは枯れていくのも、同じ運命の野辺の草、どの草だって秋になれば枯れるはずなのだ、と――」

「はあ。確かに、どの草だって秋になれば枯れるでしょうな」

この歌のどこに味わう要《かなめ》があるのか分からない、という様子で泰山が呟く。それを見て、おくみがほほほっと小さな声を立てて笑った。口に手を当てて笑うしぐさに艶《つや》が感じられ、おくみがかつて芸子であったことをしのばせる。

「今お話ししたのは、表向きの意でございますよ」

と、おくみは言った。

「では、この歌には裏の意があると？」

泰山の言葉に、おくみはそっとうなずく。しかし、その続きの話をしようとしなかった。

興味を掻《か》き立てられながら、疑問の答えを教えてもらえなかった泰山は、気分がすっきりしないという表情をしている。泰山から「これはどういうことだ」という目を向けられた竜晴は「おくみ殿」と静かな声で呼びかけた。

「私から泰山に『平家物語』の話をしてもよろしいですか」

「どうぞ」

と、おくみは竜晴と目を合わせずに答えた。そこで、

「先ほど私が口にした祇王とは、平清盛に寵愛《ちょうあい》された白拍子《しらびょうし》の名だ」

と、竜晴はまず告げた。

「白拍子とは、歌や舞をする女人のことだな」

「そうだ。烏帽子《えぼし》に水干《すいかん》という、当時の男の装束を身に着けて舞ったそうだ。中で

も祇王という名高い白拍子がいて、清盛の寵愛を受け、時めいていた。当時の白拍子たちは彼女にあやかり、『祇』の文字を名に付けるのが流行ったそうだ」

ところが、祇王の幸いは長くは続かなかった。ある日、清盛の邸《やしき》に、仏《ほとけ》という若い白拍子がやって来て、自分の歌と舞を見てほしいと言い出したのだ。

「恐れ知らずの言い草に聞こえるだろうが、芸を生業《なりわい》とする者にとって、権門の邸にそうして推参《すいさん》するのは当たり前でもあった。とはいえ、清盛が祇王を寵愛していることは天下に広く知られていたから、祇王に挑むような行いと見られても仕方がない。案の定、清盛はそれを聞いて怒り、すぐに仏を追い返せと言った。だが、会うだけ会ってやってくれと、その怒りをなだめ、取りなしたのは清盛のそばにいた祇王だった」

「何と、心根の優しい人だったのだな」

泰山は感じ入った様子で呟く。

「そうなのだろう。清盛は祇王がそう言うならと、仏をそばへ召した。ところが、会ってみれば、仏は若くて美しく、その上、歌や舞の技も優れていた。清盛はたちまち仏に心を移し、自分のもとに留まるようにと言う」

「ひどい話だな」

泰山は眉をひそめた。そして、気に病むようにおくみの方をちらと見た。おくみはうつむいたまま、特に話に加わってくるそぶりは見せない。

竜晴は語り続けた。

「仏はもとより芸を認めてもらいたかっただけで、清盛の寵愛を受けようという野心は持たなかった。口添えをしてくれた祇王に対しての申し訳なさもある。そこで固辞するのだが、清盛は認めなかった」

さらに、仏が断るのは祇王に遠慮しているためだと考えた清盛は、祇王こそ邸から追い出してしまおうと言い、即刻出ていけと祇王に命じる。祇王は思いもかけぬ身の上の変化を嘆きながら、出ていく支度を調え、最後に「もえ出づるも……」の歌を柱に彫り付けるのだった。

「この話をもとに、歌をもう一度読み返せば、別の意が見えてくるはずだ」

と、竜晴は言い、泰山に扇子の歌を示した。

「いづれか秋にあはではつべき――というのは、自分と仏のことを言っているのだろう。そして『秋』とは、男に飽きられ捨てられる、という意をこめている。つまり、自分も仏も同じ白拍子なのだから、自分が清盛から飽きられたように、仏とていつ同じ目に遭うか分からない。そういう思いを詠んでいるのだ」

「なるほど、そういうことか」

泰山はすっかり納得がいったというふうにうなずいた。

「そう聞くと、奥の深い歌だ。しかし、祇王はこの歌で仏への恨みを詠んだのだろうか」

泰山の口から出た新しい疑問に対し、「それは違いますでしょう」と声を上げたのはおくみであった。

「立花先生はもうご存じでございますし、宮司さまも立花先生からお聞きとのことですから、取り繕ったところで仕方ありません。ご承知の通り、この祇王のお話は私自身の身の上によく似ているのでございます。それで、私はこの歌を好きになりました。だからこそ分かるのですが、この歌は決して男の心変わりを恨む歌でも、仏の行く末を呪う歌でもありません。そう読み取る方もいるでしょうが、この歌はただ、力を持たぬ者のはかない境遇を嘆いているだけだと、私は思います」

「なるほど。おくみ殿はその嘆きの言の葉に胸を打たれたというわけですね」

竜晴の言葉に、おくみは少し考えた末、そっとうなずいた。

「はい。私もまた、祇王のように捨てられた時、何が悲しかったといって、当時の境遇を己の力だけでどうにもできなかったことでございますから」

おくみはうつむいていた顔を上げ、先の言葉を続けた。

「あの時、私はようやく悟りました。江戸に名高い芸子と言われ、浮かれておりましたが、実のところ、私の芸などさしたるものではなかったのだと。皆が私を褒めそやしてくれたのは、私の世話をしてくれる旦那さんの力に、媚《こ》びていただけだったのだと」

「そのお言葉からは、本物の強い力を感じます。おそらく、おくみ殿はその後、強くなられたのでしょうね」

竜晴の言葉に、おくみは無言であったが、泰山は大きくうなずいた。

「竜晴の言う通りだと、私も思う。久しぶりにお会いしたおくみ殿は、三味線の師匠として立派に自立しておられた」

「愚かな真似をした私を、立花先生が救ってくださったからです」

おくみは泰山に向かって深く頭を下げる。

「私、弟子たちにくり返し言っておりますの。これから先の生涯で何が起ころうとも、己一人で生きていけるだけのものを身につけなさい、と。仮に世間の人からちやほやされる身の上になっても、いい気になって、稽古を怠るようなことをしてはならない、と」

「まさに至言です。人は誰しもおくみ殿のように生きていかねばなりますまい」

竜晴の言葉に、おくみは慎ましく目を伏せた。

「祇王の話を聞きながら、私はおくみ殿のことをやはり思い出しておりました。そして、この話を聞きたいと言ったのはまずかったのではないかと思ってしまった。だが、今のおくみ殿の言葉で、その考えこそ間違っていたと悟りました」

泰山は晴れ晴れとした声で言う。確かに、今のおくみは自らの境遇を嘆くだけの女ではない。

「ところで、もう遠慮なく訊かせてもらうが、『平家物語』の話はこれで終わりなのか」

泰山が竜晴に目を向けて問うた。

「いいや、実はまだ続きがある。仏は清盛の寵愛を受けるようになったが、ある時、清盛は再び祇王を呼び寄せるのだ。だが、祇王に用意された席は、かつてとは比べものにならない端の方の席であった。その上、『仏が退屈そうにしているから、何か歌でも聞かせてやれ』と清盛から命じられた」

「それはひどい。平家一門の驕《おご》りについては他の箇所で読んだこともあったが、この話は際立っているな」

「まあ、実話とは限らないがな。とにかく、祇王はそうした屈辱に遭い、もはや俗世にいる理由はないと出家してしまった。母と妹も共に出家し、嵯峨野《さがの》に隠棲《いんせい》するのだが、しばらくすると、その倹《つま》しい庵《いおり》を訪ねてくる者がいた。それが出家を果たした仏だったのだ」

「何と、仏まで出家してしまったのか」

「うむ。祇王が柱に彫り残した歌を見て、俗世にある限り、己の行く末に光はないと思ったようだ。だが、そうして仏道に帰依《きえ》した女たちは一人残らず往生を遂げたという」

「なるほど。最後はそう落ち着くわけか」

泰山はようやくすっきりした表情になって言った。

「さて。話が一段落したところで、この扇子の歌がおくみ殿の心をとらえたことは分かりました。おくみ殿が買い取ったのももっともでしょう。これは、古いものには違いありませんが、二、三百年も前のものではなさそうです。せいぜい五十年かそこらの品でしょう。付喪神の気配は感じられませんし、それ以外の邪悪な気配などもありません」

竜晴はおくみに目を向けて言い、おくみは少しほっとした様子で息を吐いた。

「おくみ殿の夢に現れるのは、おくみ殿を支援していた旦那さんではなくて、もっと縁の薄いただのお客ということでしたね」

「はい。そうなのです。お名前もお顔も覚えてはおりますが、宴席でお会いしたのも、おそらく二度か三度ほどであったかと」

おくみは首をかしげた。

「泰山からは、そのお客の名は聞いておりませんが、お名前を伺っても差し支えはありませんか」

竜晴がおくみに尋ねると、おくみは「あ」と小さな声を上げた。

「そうでしたわ。その方のお名前は立花先生にも申し上げておりませんでした」

「私もお聞きしたところでどうにもならぬお話ゆえ、お尋ねしなかった」

と、泰山も言う。

「伊勢さまとおっしゃいます。お席の方々からは、清十郎《せいじゅうろう》さまと呼ばれておられました」

「伊勢……？　清十郎」

竜晴は泰山と顔を見合わせていた。

「もしや、旗本の伊勢殿のことではありませんか。諱《いみな》は何と？」

「さあ、諱まではお聞きしておりません。旗本でいらっしゃるかどうかも……」

おくみは困惑した様子で答えた。

確かに、芸子が宴席で二、三度会っただけであれば、その地位や諱を聞いていないのは当たり前かもしれない。一方、竜晴は貞衡が清十郎と呼ばれているかどうか知らなかった。天海を含む寛永寺の者たちは皆、「伊勢殿」や「伊勢さま」と名字しか口にしていなかったからだ。

「あの、伊勢さまにお心当たりがおありでございましょうか」

「旗本の伊勢殿を存じ上げているのですが、お年の頃は四十路《よそじ》ほどかと」

「それならば、清十郎さまかもしれません。私がお会いしたのは三年前ですが、そのくらいかと――」

そう呟いた後、「あの」とおくみは躊躇いがちに切り出した。

「その旗本のお殿さまは、今、大過なくお過ごしでいらっしゃるのでしょうか」

おくみは気になる夢を何度も見続けているだけに、現実の本人の身を案じているのだろう。正直に打ち明けるなら、貞衡も不眠と悪夢に悩まされているが、そのことを言えばおくみを不安がらせるだけである。

「そのお方であれば、ご無事でいらっしゃいます。おくみ殿のお知り合いかどうかは分かりませんが、清十郎と名乗られていたことがあったか、近いうちにお尋ねしてみます」

本人に会うまでもなく、天海かアサマに訊けば分かるだろう。

「ありがたく存じます」

おくみは頭を下げ、自分も伊勢清十郎のことを知り合いに尋ねているので、何か分かったら知らせると続けた。おくみはさらに伊勢貞衡の屋敷の場所を尋ねてきたが、竜晴も行ったことがあるわけではない。ただ神田と聞いているとだけ答えておいた。

「念のためですが、この扇子は一度預からせてもらってもかまいませんか」

少し様子を見た後、何ごともなければお祓いをしてお返しすると言うと、おくみはすぐに承知した。

「それでは、どうぞよしなにお願いいたします」

おくみは扇子を竜晴に預け、泰山と共に帰っていった。


「竜晴さまっ！」

客人が帰った後、付喪神たちが騒ぎ出すのは十分予測していた竜晴だが、真っ先に声を上げたのが抜丸だったのには、少しばかり驚いた。伊勢貞衡と思われる者の話が最後に出たので、小烏丸がさぞや騒ぎ立てるだろうと思っていたのだが……。

「思い出しました」

と、縁側から部屋へ這い進んでくるなり、抜丸は言った。そのあとから部屋へ入ってきた小烏丸も、口を挟む隙がないようで、ただ聞く一方に回っている。

「思い出したとは何のことだ」

「数日前に社へ突然やって来た尼の正体です」

抜丸は昂奮気味に言う。「何だと」と小烏丸も身を乗り出してきた。

「本当に迂闊《うかつ》でした。名前を聞くまで思い出せないとは――。ただ、私はあの人が尼になった姿を見たことは一度もなくて」

「早く名を言え。あの尼は何者だったのだ」

小烏丸が焦《じ》れて口を挟む。

「あの尼は祇王でございます」

と、抜丸は言った。

「かつて西八条邸《にしはちじょうてい》で見た白拍子の祇王に間違いございません」

「それは、今の話に出てきた女のことだな」

小烏丸が抜丸に確かめるというより、自問するかのように呟く。記憶を失くしてはいるものの、あの尼をどこかで見たように思うと言い出したのは、小烏丸であった。

「祇王……祇王……。思い出せぬ」

小烏丸はぶつぶつ呟きながら、辺りを歩き回り始めた。

「こ、小烏丸さん……」

玉水が気がかりそうな目をしながら、小烏丸のあとをついて回る。

「まあ、お前たち。落ち着くのだ」

竜晴一人は冷静さを失わずに言った。

「今、分かっていることを確かめよう」

そう言うと、小烏丸は歩き回るのをやめ、竜晴の前までやって来た。玉水もそのあとに続き、抜丸は深呼吸をして落ち着いたようである。

「一つ——抜丸の言う通り、あの霊が祇王であるならば、『平家物語』の話と違って、祇王は成仏しておらず、何者かの成仏を願いながら、現世をさすらっているらしい。二つ——祇王の歌の書かれた扇子を買ったおくみ殿が、毎晩同じ夢を見ている。その夢に出てくるのは伊勢清十郎なる人物で、我らの知る伊勢貞衡殿であるかどうかを確かめる必要がある」

「うむ。それはアサマが知っているであろう」

と、小烏丸が自らの胸に刻み込むように言った。

「三つ——伊勢殿も連夜、不可解な夢に悩まされている。それは水中に刀が沈んでいく夢であり、その刀が小烏丸かどうかは気にかかるが、現状では確かめようがない。四つ——これは、伊勢殿やおくみ殿とは別かもしれないが、江戸の町では悪夢と不眠に悩まされている人が大勢いる」

付喪神たちと玉水は、竜晴の言葉に合わせ、うんうんと首を動かしている。

「取りあえず、この先は分かることから対処していこう。まずは、伊勢殿の通称を確かめることと、獏の札の効き目があったかどうか、その後のご容態を確かめることからだな」

泰山も貞衡のために酸棗仁湯を用意すると言っている。貞衡のそばにはアサマもついている。だから、案ずることはないと言うと、小烏丸は無論のこと、この日は抜丸もほっとした様子で、安堵の息を吐いたのだった。

五章　貘と鵺

一

アサマが小鳥神社に現れたのは、八月二十日の昼前のことである。

毎日のように遊びに来ていた時もあったが、ここ数日は主人である貞衡の具合が気がかりなためか、音沙汰もなかった。

「大変でござる」

十四日の朝に飛んできた時も、貞衡の容態のことで騒いでいたが、この日はその時以上に慌ただしい。

「え、え、アサマさん。どうしたんです。その爪、怖いですから、こっちに向けないでくださいよ」

出迎えた玉水が及び腰になって言う。

「ん？　ああ、すまぬことをした」

アサマは玉水に謝った後は、爪をなるたけ目立たせぬように歩き出したものの、

「宮司殿」

と、竜晴の前にたどり着くなり、大声を上げた。その時には、小烏丸と抜丸もアサマのあとに続いて、部屋へ入ってきている。皆が勢ぞろいしているのを確かめ、玉水が障子を閉めた。

「伊勢殿の御身に何かあったか」

「いや、我が主の容態がいっこうによくならないゆえ、お知らせしに参った」

「ふむ。貘の札をお渡ししたにもかかわらず、か」

竜晴が問うと、そうなのだとアサマは答えた。

「家臣の者がお札を受け取ったのが十六日のことでござる。その晩、悪夢を見るのは仕方ないとしても、それを貘が食べてくれる話であったはず」

「札は貘そのものではないから、夢を食べるのではなく、同じ夢を見なくなるということだが……」

「ところが、十七日から三晩ずっと、我が主は悪夢に苦しんでおられた。うなされ

て夜中に目覚められたのを、それがしは知っておる。その後は寝付けないまま、朝をお迎えになられたご様子」

三日が過ぎた今朝はもう、じっとしていられず、小烏神社へ飛んできたのだとアサマは言った。

「ふむ。獏の札が効き目を為さなかったと――」

「それはおかしい」

小烏丸が口を挟んだ。

「竜晴の施した力が効かぬなどあり得ぬ」

「まったくだ。札の置き場所を間違えたということではないのか」

抜丸も横から言う。

「いや、そんなことはない。それがしはこっそり主の寝所をうかがい、札が正しく置かれていることを確かめたのだ」

アサマは神妙な口ぶりで言葉を返した。

「ふむ。アサマが確かめたのであれば間違いなかろうし、伊勢殿もいい加減なことはなさるまい。となると、外からの力が働いたものか」

竜晴が考え込むと、「外からの力とはどういうことか」と小烏丸が問うた。

「札が私の手を離れた後、術者によって、私の力を無効とする新たな力を施されたかもしれないということだ」

「竜晴の力に匹敵するような者がこの世にいるのか」

小烏丸はとうてい信じられないという口ぶりで言った。

「そんな者がいるはずはない。竜晴さまは代々の賀茂家のお血筋の中でも、抜きん出たお力の術者なのだぞ。そんなことを口にするだけで、おそれ多いと知れ」

抜丸が憤然と言い返す。

「いや、私の知らぬ者が世に隠れていることが、決してないとは言い切れぬ。それに、寛永寺の大僧正さまのお力は私も認めるものだ」

「しかし、あの大僧正はすでに老いている。今まともにやり合えば、竜晴には敵《かな》わないと、当人も承知しているだろう」

「まあ、それはやってみなければ分からないが……」

竜晴は平然と言い、アサマに目を戻した。

「まずは、貘の札に細工が施されていないか、確かめねばなるまい。札を返してもらってもいいが、その間にさらなる細工をされては厄介《やっかい》だ。ゆえに、今度は私から伊勢殿をお訪ねしたい。とはいえ、アサマから聞いたとも言えぬから、別の理由を拵えたいところだな」

ちょうど、泰山が酸棗仁湯を準備してくれていたから、それが調ったら薬を届けるという名分ができる。もちろん事前に訪問の約束は取りつけねばならないが。

「少々手間はかかるが、大僧正さまに事の次第を伝え、私と泰山の訪問を申し入れていただこう。大僧正さまを通せば、よもや伊勢殿がお断りになることはあるまい」

「アサマか我がその札をここへ運んできては駄目なのか」

小烏丸が焦った口ぶりで尋ねたが、そうなれば、貞衡が札を失くしたかと心配するかもしれない。第一、札を運ぶ間に、アサマか小烏丸が何ものかに襲われないとも限らないのだ。

「敵がいるかもしれない今、事は慎重に運んだ方がいい」

と、竜晴は答えた。

「大僧正さまには理由をお話しし、明日にでも伺えるように計らっていただこう」

竜晴は天海に話をするべく、すぐに寛永寺へ行くことを決めた。

「玉水は留守番だ。もし泰山が来たら、伊勢殿の件で話がしたいから待っていてくれるように伝えてくれ」

「分かりました」

いつものように小烏丸と抜丸を人型にして伴うことにし、アサマにはすぐに帰って貞衡のそばについているよう告げた。ここへ来た時の慌てぶりはずいぶん鳴りを潜め、「そういたそう」とアサマは重々しく答える。

「何かあったらすぐに知らせてくれ。ただし、今晩、伊勢殿が悪夢を御覧になったとしても、あまり騒がぬように。明日には、私と泰山が伊勢殿のお屋敷へ伺うのだからな」

「お願い申し上げる」

と、アサマは丁寧に言った。

「ところで、帰る前に一つ訊きたいことがある。伊勢殿はふだん清十郎と呼ばれておられるのか」

竜晴が切り出すと、

「うむ。確かに、身内の幾人か、また古い友人たちがそう呼んでいるのを聞いたことはある」

と、アサマはあっさり答えた。

「竜晴よ!」

「竜晴さま」

小烏丸と抜丸がにわかに色めき立ったので、アサマの方が驚いている。

「我が主の呼び名に、何か一大事でも起きたのでござるか」

「いや、そういうわけではない。ただ、とある元芸子が三年ほど前、宴席で伊勢清十郎というお方を見たと話していたのだ。年の頃といい、伊勢殿のことかと思われたのでな」

「芸子……? 我が主は遊興にはあまり熱を入れぬ方でござるが」

アサマは意外そうな声で呟く。

「その元芸子の女人も宴席で、二、三度見ただけだと言っていた。お立場上、どうしても出なければならぬ宴席があったのではないか」

「そういうことならあったかもしれない」

「その女人は芸子だった頃、鈴虫と名乗っていたそうだが、その名に覚えはないか」

竜晴は念のため尋ねてみたが、アサマは首を横に振る。

「我が主に関わりのある女人は、奥方以外には知らぬ」

とは言ったものの、アサマは気になるらしく、

「その元芸子が我が主のことを何か言っていたのか」

と、竜晴に尋ねた。

「いや、伊勢殿のことをどうこう言っていたわけではないのだが、近頃になって、伊勢殿が夢に現れると言っていた。先にも言ったように、あまり会ったこともない人なのに不思議だと、本人も言っていたのだ」

「夢というと……我が主も今まさに苦しめられておられる」

アサマが再び落ち着きを失くした声を出す。

「その通りだ。しかし、二人の夢につながりがあるかどうかは分からない。ただ、その女人も伊勢殿の御身に何かあったのではないかと案じていた。今のところ、伊勢殿に害を為す者のようには見えない」

ってていった。

「そうか」

アサマは、伊勢家の屋敷内で鈴虫の名を聞くことがあれば知らせると約束し、帰っていった。

竜晴はアサマを見送るとすぐ、小烏丸、抜丸と共に寛永寺へ向かった。いつものように、天海の居間へと通され、人払いをしてもらってから、おくみのことやアサマのことも含めて話をした。

「アサマは無論のこと、ここの付喪神たちも心配しておりますから、私としてもできるだけ早く伊勢殿のもとに参りたく存じます。ついては明日にでも伺えるよう、大僧正さまより口利きしていただければありがたく」

「さようか。すべて賀茂殿の望み通りに計らおう」

天海はすぐに承知し、神田にある伊勢家の屋敷の場所を描いた地図も渡そうと言った。

「伊勢殿のご容態については拙僧も案じていた。生真面目なお人ゆえ、己の弱みを人に見せられぬところがおありじゃ」

「お侍は皆、そういうところがおありかと思いますが」

「あの方には特に、伊勢平氏の血を引く名門としての誇りもあろう。それゆえ余計にな」

しんみりとした口調で言った天海は、伊勢家訪問の件は何とかすると請け合った。

「八つ半刻（午後三時頃）にお伺いするということで申し入れよう。あちらのご都合が悪い場合は、こちらより追って賀茂殿へお知らせいたす」

貞衡の話が一段落すると、「ところで」と天海は顔つきを改めた。

「伊勢殿のご容態とも関わるのかもしれぬが、江戸の町に蔓延《はびこ》る不眠と悪夢の一件については、その後、いかがであろうか」

「思っていた以上に、症状の出ている人が多いようですが」

竜晴は泰山より聞いていたことを伝えた。

「ふむ。拙僧も知り合いに尋ねてみたところ、やはり大名家や旗本家の中にも、そういう症状の家臣がいると聞いた」

「今の段階では定かではありませんが、人や所を選ばず、という感じなのかもしれません」

「何やら、江戸の町全体が妙な暗示にかけられているような気もいたすが……」

天海は呟いて、沈思にふける。

「りゅ、竜晴よ」

背後に座っている小烏丸が、震える声で問いかけてきた。

「大僧正はつまり、この江戸に暮らす人々を丸ごと、暗示にかける術者がいると言っているのか」

「無論、そういう膨大な力を行使する術者がいないとは言い切れぬが、症状の出ていない者も多数いる。それに、大僧正さまは『気がする』とおっしゃっただけだ。ゆえに、大僧正さまが本当に心配なさっておられるのは、それとは別のことだと思うが……」

竜晴がそう述べたところで、天海は思いから覚めた表情になった。

「賀茂殿は拙僧の懸念をどう御覧になる」

「術者の悪だくみであれば、それに対抗できる者を除き、ほとんどの人がかかるはずです。しかし、実際はそうではない。今の状態は、人々が自らおかしな妄想に取り憑かれ、眠れないと感じ、ただの夢を悪夢と思い込んでいるようにも感じられます。場合によっては、何者かによって不安を煽られているのかもしれません。大僧正さまのご懸念も、そこにあるのではないかと思いますが……」

　竜晴が口を閉ざすと、天海は苦笑を浮かべた。

「まこと、一を申せば、十を分かっていただけるのはありがたきこと」

「やはり、大僧正さまも煽り立てた輩《やから》、もしくは火を点《つ》けた輩がどこかにいるとお考えなのですね」

　竜晴の言葉に、天海は真剣な表情に戻ってうなずいた。

「さよう。人であれ妖であれ、介入者がいると考えていた」

「今は介入者の目論見《もくろみ》が分かりません。この妄想の次にもっと深刻な事態がもたらされることもあり得ます」

「まことにさようじゃ」

「その時に備えるためにも、伊勢殿には早く健やかになっていただかなくてはなりますまい」

「伊勢殿の件は取りあえず賀茂殿にお任せしよう。拙僧は江戸の町に蔓延る正体不明の騒ぎを、今少し探ってみることといたす」

　天海の言葉にうなずいて、竜晴は寛永寺を辞去した。

その後、夕方になってやって来た泰山に、明日の伊勢家訪問について伝えると、

「分かった。では、その時までに酸棗仁湯をできるだけ用意することにしよう」

泰山はそう請け合い、薬種問屋の三河屋へも寄ってみると言って、急ぎ帰っていった。

二

二十一日の昼過ぎ、小鳥神社へやって来た泰山は、十回分ほどの酸棗仁湯を処方することができると言った。症状に応じて対応できるよう、その薬剤である酸棗仁、茯苓、知母などの生薬も用意しているという。

そこで、昼八つ半に間に合うよう、竜晴は泰山と共に神社を出発した。玉水はいつものように留守番だが、抜丸にも留守を頼んでいる。小烏丸だけはカラスの姿で上空からついて来てもよいと告げてあった。

小烏丸も抜丸もふつうの者には見えぬ人型の格好で、こっそり伊勢家の屋敷へ入り込みたかったようだが、これは初めて訪問する屋敷で実行するには危険も大きい。

よからぬものが憑いている恐れもあるのだから、今回は連れていけないと竜晴が厳しく言うと、二柱ともつらそうではあったが承知した。

「ただし、小烏丸は上空から伊勢家の屋敷をうかがい、怪異の類が巣くっていないか調べてくれ。無論、己だけで戦おうなどとしてはならぬ」

竜晴が言うと、小烏丸は勇ましい面持ちでうなずいた。

「相手方を探ることならば慣れている。我に任せてくれ」

頼もしげに言う小烏丸に、この時ばかりは抜丸も嫌味は口にしない。

竜晴が神田へ向かう途上、空を見上げると、一羽のカラスがゆっくり旋回しながらついてきていた。

「伊勢殿にはお前のお札を渡してあるのだろう？　それでお加減がよくなっていたらいいんだが」

獏の札が効かなかったことを知らぬ泰山は、道すがら心配と期待の入り混じった声で言った。

「うむ。ただ、それは悪夢を見せないようにする札だからな。不眠によって弱ったお体を治すような効き目はない」

「そうか。確かに弱ったお体を治すのは医者の仕事だ」

泰山は顔を引き締めて言う。

やがて、二人は神田にある伊勢家の屋敷へ到着した。門は開いていたが門番はいなかったので、そのまま中へ入ると、すぐに近くの門番長屋から若い侍が現れた。

「小鳥神社の賀茂竜晴と医者の立花泰山です」

そう名乗ると、「寛永寺の大僧正さまよりお聞きしております」とすぐに話は通じた。

「殿からは、奥向きへご案内するようにと承っております」

ということで、竜晴たちは庭伝いに屋敷の奥の方へと案内された。庭は広々として全体に大木は少なく、沈丁花《じんちょうげ》や梔子《くちなし》、椿《つばき》など丈の低い木が品よく配されていたが、その中に一本だけ大きな木が生えている。

その周りに庭師が三人ほど集まって、何やら話していたが、竜晴たちの姿を見ると、口を閉ざして会釈をした。

「あれは、樅《もみ》の木ですか」

黒ずんだ灰色の幹と、針のように尖った葉の様子からそれと察し、竜晴は案内の侍に声をかけた。

「はい。何でも古くからこの地にある木らしくて」

屋敷を建てる時に取り除くことも検討されたそうだが、前のこの屋敷の主人が反対し、そのまま庭木として残されたのだという。伊勢家はその後、この屋敷へ入ったものの、

「この樅の木がどうも庭にそぐわないと、殿が前々からおっしゃっていて」

と、若侍は説明した。

「確かに、他が低い木ばかりのようですからね」

竜晴が庭を一通り見回して言うと、若侍はうなずいた。

「それで、いっそ伐《き》り倒してしまおうかと、庭師たちに相談しているところなのです」

「低い木々の中に、一本だけ大木がどっしりかまえているのも、大黒柱のようで、味があると思いますが」

と、泰山は樅の木に気の毒そうな目を向けて呟く。

「そういう見方もできるかもしれませんね」

若侍は泰山の言葉を軽く受け流し、そのまま庭を進んでいった。

奥向きの出入り口から建物の中へ上がり、さらに長い廊下を渡って、屋敷の最も奥まった北側の一角に竜晴たちは案内された。

十畳ほどの畳敷きの部屋に、貞衡は裃《かみしも》も袴《はかま》も着けぬ姿で座っていた。

「ようこそお越しくだされた。このような格好で申し訳ない」

その顔色は、十五日の晩から好転したようには見えなかった。

「立花先生もお忙しいところ、まことにかたじけないことでござる」

貞衡は泰山にも丁重に挨拶する。竜晴と違い、貞衡と会うのが久しぶりの泰山は、その顔色の悪さに驚いたようであった。

「お加減が悪いと聞いておりましたが、過ぎし日のお健やかな姿が頭にありましたので驚きました。ずいぶんお疲れのご様子と拝されます」

泰山は心配そうに言った。

「出入りのお医者さまがおられると存じますが、ご相談はなさっておられますか。日々のお食事はしっかりと摂《と》っておられますか」

矢継ぎ早に症状を問う泰山に、貞衡は苦笑を浮かべた。

「さすがに医者の先生ですな。しかし、賀茂殿から聞いておられるでしょうが、少し眠れぬだけなのです。医者に診せるほどのことはないと考え、特に相談などはしておりませぬ」

「それはいけません。少し脈などを調べさせていただければ、今日お持ちした酸棗仁湯を処方できると存じます。これは、心を穏やかにし、寝つきをよくする薬でございますから」

「それはありがたい」

泰山とのやり取りが一段落したところで、竜晴は「ところで」と貞衡の注意を促した。

「私からお渡しした獏の札はどうなっておりますか」

「はい。先日は、家臣にお渡しくださり、かたじけない。ここはそれがしの寝所でもありますが、毎晩、しかと枕もとに置いております」

「お顔色を拝したところ、効き目が表れていないように見えるのですが」

アサマから聞いたことについては触れず、竜晴は尋ねた。

「まあ、その、まだ効き目は出ていないようですな」

と、貞衡はやや歯切れの悪い口ぶりで言う。

「されど、効き目が出るには数日かかるものなのでは？　また人によって、長短があるのではござらぬか」

「薬ではないので、そういうことはありません」

竜晴ははっきりと言った。

「私としては、お渡ししたその晩から効き目が表れると思っておりました。お渡ししたのは十六日。その晩も含めてもう五日になりますが、それでも効き目が出ていないのならば、私の大失態です。今日はそのことを確かめたいというつもりでお伺いいたしました」

「さようでしたか。されど、賀茂殿がさようにご自身を追い詰めることはござらぬ。効き目が出ないのは、それがしの夢見が術で治るものではない、ということでござろう」

貞衡は札の効き目のなさを責めるどころか、かえって竜晴を庇《かば》うようなことを口にした。

「お気遣いはありがたいですが、私にも務めがございます。念のため、札をお見せ願えないでしょうか」

竜晴が頼むと、「それは無論」と貞衡は言い、立ち上がって障子の前に置かれた文机《ふづくえ》の上から、札を取ってきた。

「お確かめくだされ」

竜晴の方へ向けた形で、貞衡は札を差し出した。いくつもの獣の一部を接《つ》ぎ合わせて描かれた珍妙な生き物――獏の絵は、竜晴自身が文献をもとに筆を執ったものである。

だからこそ、一目見てすぐに分かった。

「伊勢殿、これは偽物でございます」

「何、偽物ですと」

貞衡が緊迫した声を放つ。

「似ているが違う。これは獏ではありません」

「獏でないなら、何だというのだ」

泰山が横から絵をのぞき込みながら、竜晴に問うた。

「獏とは象の鼻を持つが、このものの鼻は短い。さらに、尾は牛のものだが、この尾は蛇になっている」

「確かに、象の鼻ではないし、尾は蛇の形だ」

　泰山が呟き、貞衡もそのことを確かめた。

「されど、それがしはこれが貘というものなのだと思っており……」

「ご家臣から札を受け取られた時から、この絵でございましたか」

　竜晴が鋭く問うと、貞衡は虚を衝《つ》かれた様子で考え込んだ。

「それは……その、鼻やら尾やらを細かく見てはいなかったゆえ。種々の獣の合わさったものだとは思い……。いや、そういえば、初めに見た時は鼻が長かったか」

　そんな気もするが、よく思い出せないと、貞衡は呟いた。

「念のためですが、私のもとへ受け取りに来たご家臣を呼んでいただくことはできますか。牧田殿と名乗っておられたと思いますが」

　竜晴が言うと、貞衡は「確かに牧田で相違ござらぬ」と言い、その後、牧田という侍を呼びつけた。

「失礼つかまつります」

　と、緊張気味の声で現れた男は、間違いなく竜晴も見覚えのある牧田であった。

牧田の方も竜晴に気づくと、

「先日はお世話になりました」

と、挨拶した。

「あの折、どこへも立ち寄ったりせず帰るように申し上げましたが、帰り道で障りはございませんでしたか」

竜晴が尋ねると、牧田は「はい」とすぐに返事をした。

「知り合いに会っても、その日は話をせずに別れるつもりでしたが、誰にも会うことはございませんでした。ゆえに、お社を出てから屋敷へ帰り着くまで、誰とも話しておりません。屋敷へ到着後は、すぐに殿にお札をお渡し申し上げました」

「なるほど。では、その間にすり替えられたことはなかったと――」

「断じてございませぬ」

牧田はきっぱりと言う。発言に疑わしいところはまったくなく、竜晴の見たところ、何かが憑いている気配もない。竜晴の聞き取りが終わると、貞衡は牧田を引き取らせた。

「すり替えられたとすれば、伊勢殿の手に渡ってからのことでしょう」

貞衡も札をずっと懐に入れていたわけではないだろうから、昼の内にすり替えられたのかもしれないし、夜寝ている間にすり替えられたこともあり得る。

「それがしが絵柄をもっとしかと見ておれば……」

貞衡は口惜《くや》しそうに言ったが、

「それは仕方がありません」

と、竜晴は落ち着いた口調で言った。

「これが象であるとか虎であるとか、はっきりした形の獣であれば、伊勢殿もすり替えにすぐ気づかれたはず。いくつもの獣の寄せ集めであるという点を、敵に衝かれたのです」

「されど、これでは賀茂殿に申し訳が立ちませぬ」

貞衡は憔悴《しょうすい》してしまった。

「そのことは深く思い悩まれませぬよう。ただし、この札はよくないものが憑いているかもしれませんから、私に預からせてください。明日には新しい札をお持ちしましょう。私が直にお届けいたしますが、よろしいですか」

今度ばかりは、貞衡も竜晴の言葉にそのまま従った。

「では、次は私の番でございますな」

泰山が言い、貞衡の脈を取り始めた。その後、顔色を確かめ、いくつかの問答をした上で、酸棗仁湯を処方することになった。

「丸薬にしてありますから、朝と晩に一粒ずつ、そのままお飲みください」

泰山は薬がなくなった頃、もう一度容態を診に来ると告げ、貞衡も受け容れた。

「では、また明日参ります」

「今宵は酸棗仁湯を飲んだら、早めにお休みください」

竜晴と泰山はそれぞれ言い、貞衡のもとを辞去した。

庭先ではまだ庭師たちが樅の木をどう伐るかを話し合っており、その上には一羽のカラスが輪を描くように飛んでいるのが見えた。

三

まだ往診しなければならぬ患者がいると言う泰山と途中で別れ、竜晴は小烏神社へ戻った。小烏丸は先に着いていて、いつもの庭の木にとまっている。

竜晴が居間へ入ると、小烏丸もすぐに木の上から舞い降りてきて、竜晴のあとに続いた。

「伊勢殿の屋敷の上に怪しい気配はなかったか」

竜晴がまず尋ねると、

「うむ。上空を飛び回った後、屋敷の周辺に範囲を広げて探ってみたが、特に怪しいことはなかった。本当は、庭の木にでも舞い降りたかったのだが……」

低木が多い上に、丈の高い樅の木にとまったら、庭師たちが騒ぎ出したため、すぐに飛び去らざるを得なかったという。

「まあ、それは仕方ないな。あの庭師たちは樅の木を伐る算段をしていたということだから」

怪しい気配がないと分かっただけでいいと、竜晴は小烏丸を労《ねぎら》った。

「それで、アサマが気に病んでいた例のお札については、どうだったのですか」

抜丸が気がかりそうに問う。

「うむ。それについては……」

と、言いかけたところで、竜晴はいったん口を閉ざし、庭の方へと目を向けた。

「玉水よ。新たな客だ。障子を開けてくれ」

玉水がぴょんと立ち上がり、急いで障子を開ける。ちょうど、空からアサマが舞い降りてきたところであった。

「これは宮司殿。本日は我が主へのわざわざの来訪、かたじけないことでござった」

アサマは昨日よりはずっと落ち着いた様子で、竜晴に礼を述べた。

「ちょうど今から、伊勢殿のお屋敷での成り行きを話そうとしていたところだ」

と、竜晴が言うと、アサマは「間に合ってよかった」と呟いた。

「では、おぬしは屋敷での出来事を察知していないのだな」

「宮司殿がお見えになったことは、その気配で察していたのだが、我が主といかなる話をしたのかまでは探りようもない。されど、宮司殿の清浄な気に触れたせいか、屋敷全体の気が生き返ったように感じられた」

と言うアサマに、小烏丸と抜丸は「さもあろう」と胸を張る。

「ならば、ここで皆と共に聞いていくがよかろう。伊勢殿をお訪ねして、大事なことが分かった。これだ」

竜晴は懐に入れた札を取り出し、車座になった皆に見えるよう、その中心の床に置いた。

「これは、竜晴が渡したという札か。持ち帰ったということは、悪い気でも憑いていたのか」

と、小烏丸が札を睨みながら言う。

「いや、それ以上の悪いことが起きた」

「それ以上の悪いこと、ですと？」

アサマが深刻な声を出す。

「これは、すり替えられた札なのだ」

「え、それでは、竜晴さまのお描きになったお札ではない、と」

抜丸が驚きの声を放った。

「うむ。似せてはあるが、これは獏の絵ではない」

「獏の絵でないとは、どういうことでしょうか」

抜丸が首をかしげている。小烏丸とアサマもよく分からないようだ。

「玉水は分かるか」

竜晴はそれまで静かにしていた玉水に声をかけた。一瞬、きょとんとした玉水は、

「あ、はい。貘のことなら覚えています。ええと、鼻が象で、尾は牛で、足は虎。それから体は、私たちの敵である熊で……」

と、記憶をたどるようにしながら答えた。

「ふむ。なかなかよく覚えていた。目が犀だな」

竜晴が足りないところを付け加えると、「あ、そうでした」と玉水は舌を出す。

「犀は象に似ているけれど、鼻が短くて、角があるんでした」

「おぬし、いつの間に、そんなに賢くなったのだ」

小烏丸が吃驚した目を玉水に向けて言う。

「えへへ、宮司さまに教えていただいたんです。ぜんぶ、怖い獣ばかりだったので、覚えやすかったです」

玉水は得意げに笑っている。

「それは賢くなったとは言わない。ただ単に覚えていたというだけのことだ」

抜丸が横から口を挟んだ。

「まあ、今の玉水の言葉でよく見てみるがよい。この絵の鼻は明らかに象でないこ

とが分かるだろう」

竜晴が言うと、おのおのの付喪神たちはうなずいた。

「確かに、象は鼻の長い生き物だと聞いたことがある」

と、アサマが感心した様子で呟いた。

「それに、竜晴さま。この獣の尾は、蛇でございます」

抜丸がさも大発見であるかのように声を上げる。

「その通りだ。この獣は足こそ獏と同じ虎のものだが、頭は猿で体は狸《たぬき》、尾は蛇という、獏とはまったく別の生き物なのだ」

「宮司殿、それはいったい何なのだ」

アサマの問いに、

「鵺《ぬえ》だ」

と、竜晴は答えた。

「鵺……」

付喪神たちが口々に呟く。

「さよう。聞いたことはあるようだな。この鵺は夜に恐ろしい声で鳴き、人々の眠りを妨げる怪異の類だ。遠い昔には、帝の眠りを脅かしたという話もある」

獏は悪夢を食らうものだが、鵺はまったく逆のものだ。つまり、このような札を枕もとに置けば、安眠を得るどころか、逆に眠りを妨害される。

「宮中に出たという鵺の話は、私も聞いたことがあります。確か、格別強い弓矢で射殺されたという話ですが」

抜丸の言葉に、アサマが「何」と反応した。

「そういうことであれば、その鵺とやら、このそれがしが射殺してくれる」

弓矢の付喪神であるから、そこは自分の役目だと言いたいらしい。

「まあ、まだ鵺が現れたわけではない。私が知る限り、鵺は遠い昔に射殺され、その後は現れていないからな。しかし、鵺が眠りや夢に干渉することを踏まえると、伊勢殿やおくみ殿の悪夢といい、江戸の町に蔓延る不眠の症状といい、鵺との関連が疑われる。鵺そのものが現れたのでなくとも、敵は自分が鵺のようなものだと思わせたいのかもしれん」

「竜晴さま、鵺とは今おっしゃった怪異のことではありますが、正体不明の、よく分からぬ不気味なもののことをそのように呼ぶこともございます」

抜丸が言い添えた。

「まさにそれだ。敵はそういう意も含めて、自分は捕らえにくいものだと言いたいのだろう」

「竜晴よ、そうだとすれば、その敵は伊勢家のお侍を狙った上、札を描いた竜晴に挑んできているということなのか」

小烏丸が激しい怒りを含んだ声で言った。

「そうだ。今回のことで、明らかな敵のいることが分かった。おくみ殿や江戸の町の悪夢については まだ分からぬが、少なくとも伊勢殿には敵がいる」

「宮司殿よ」

アサマが切羽詰まった声を出した。

「無論、伊勢殿のことはお救いする。それは何度も言った通りだ」

竜晴は力強い声で請け合った。

「まずは、明日、新しい貘の札を私が自ら伊勢殿のもとへお届けする。先日よりも強力な札にし、邪《よこしま》なものが近付けば、私が察知できるよう呪を施そう」

「ありがたい。まことにもって感謝する」

アサマは感動に声を震わせた。

「だが、今度は、伊勢殿の悪夢をどうにかすればよいだけではない。私の札をすり替えたものを捕らえなければならぬ」

気負わぬ淡々とした調子で告げたものの、竜晴の声の厳しさに、付喪神たちは顔を引き締めた。

「そのことで一つ、宮司殿にお伝えしておきたいことがある」

アサマが真剣な目で切り出した。

「札のすり替えとは関わりないかもしれぬが、昨日、主のもとへ女の客人があった。生憎、それがしは顔を見ていないが、あまりないことなので少々気にかかる」

「女の客か……」

竜晴の脳裡《のうり》に、ふとおくみの顔が浮かんだ。

おくみが貞衡の屋敷を探し当てて訪問したということは、あり得なくもないだろう。しかし、数年前に宴席で何度か顔を合わせただけの客に、そうまでして会いにいくだろうか。おくみの口ぶりからすると、貞衡はそこまでして会わねばならぬ人物ではなさそうだった。

だが、アサマからはそれ以上のことを聞き出せそうにないので、明日、貞衡に確かめようと、竜晴は心に留めた。

「これからも屋敷に怪しい動きがないか、今以上に気を配ることにいたす」

アサマは力強い声で続けた。

「うむ。札をすり替えたのは人間なのか妖なのか、まだ分からぬ。妖に憑かれた人のしわざかもしれぬが、屋敷の中の者か外の者かも分からない。そのことを踏まえ、アサマは伊勢殿のことをしっかりと見守ってもらいたい」

「相分かった」

「正体が分からぬゆえ、しばらくは様子を見ながら、となろう。私が明日届ける札と、アサマの見張りに頼るしかない」

「そこは任せてもらって大事ない。我が主のことは何としてもお守りする」

「うむ。敵が現れた際には、我ら皆で伊勢殿をお助けしに参る。それゆえ、己だけで何とかしようとは思わぬことだ。よいな」

「承知した」

アサマはしっかりと答え、それから力強い羽搏《はばた》きで、空へと舞い上がった。それ

を見送ってから、

「小烏丸」

と、竜晴は声をかけた。アサマの姿をどことなくうらやましげな眼差しで見送っていた小烏丸が、はっと竜晴を見上げる。竜晴が腕を差し出すと、すぐにその上に飛び乗ってきた。

「お前も時折、伊勢殿のお屋敷方面を見に行くがいい。アサマの前で言わなかったのは、その方が共倒れを避けられるからだ。伊勢殿の屋敷で何かあったと察したら、お前はすぐに戻ってきて私に知らせよ。アサマにも言ったことだが、お前だけで伊勢殿やアサマを救おうとはするな」

「うむ。分かっている。竜晴があの方もアサマも助けてくれるのだろう？」

熱い信頼のこもった物言いであった。

「そうだ」

竜晴は小烏丸の黄色い目を見据え、しっかりとうなずき返した。

六章　秋に逢う花

一

翌二十二日は、朝方やって来た泰山の他に、昼過ぎまで訪問者はなかった。すでに新たな獏の札を作り、前の時より強力な呪をこめた竜晴は、昨日と同じ昼八つ半の頃、伊勢家の屋敷へ出向くつもりである。

小烏丸は昼前に一度、伊勢家の上空を飛び回ってきたそうだが、特に異変はなかったという。

「例の樅の木の周りには、また人が群がっていた」

忌々しそうに報告したものの、それ以外には特に告げるべきことがないらしい。

そんな小烏神社へ客がやって来たのは、正午から半刻《はんとき》ほどが過ぎた頃であった。

「竜晴さま、こんにちはー」

庭先で元気な声を上げたのは大輔である。いつものように、花枝が付き添っていた。

「十三日の晩はお世話になりました。十五日には寛永寺で虫聞きをなさると聞きましたので、その翌日にはお伺いするつもりでしたのに、ご無沙汰してしまって」

と、花枝は申し訳なさそうに言う。

「ちょいと、うちの旅籠で厄介なことが起きちゃってさ」

大輔が軽い調子で言うと、「大輔」と花枝が厳しい声で注意した。

「いいじゃん、どうせ竜晴さまにはお話しするつもりだったんだしさ」

と、大輔は口を尖《とが》らせる。

「だからといって、軽い調子で口にしていいことじゃないでしょ」

花枝の口ぶりは、その厄介事とやらが深刻なものであることをうかがわせた。

大輔も口答えはせず、おとなしくしている。旅籠の大和屋《やまとや》で起こった問題とは、例の不眠と悪夢の一件と関わるのではないかと、竜晴は推測した。旅籠はまさに眠りに就く場所であるから、不思議ではない。

「とりあえず中へ上がってください。お話をお聞きしましょう」

竜晴は二人に縁側から部屋へ上がるよう勧めた。

「お手間を取らせてしまい、申し訳ございません」

花枝は竜晴の前に座ると、恐縮した様子で頭を下げた。大輔も、今は花枝の傍らで真面目な顔つきをしている。

「今すぐお力添え願いたいというわけではないのですが、父が念のため、お話ししておいた方がよかろうと言いまして」

「それでは、大和屋のご主人からのお言づてということなのですね」

竜晴が確かめると、花枝は「はい」と返事をした。

「実は今月に入ってから、旅籠に泊まるお客さんの中に、この宿は寝つけないとか、枕が悪いんじゃないかとか、苦情をおっしゃる方が出てきたのです」

「眠れないとか寝つきが悪いという話ならば、先日の虫聞きの会で、泰山が話していましたね」

「はい。私があの時、旅籠のお客さんの話を聞いていましたら、すぐにお伝えできたのですが……。あの頃、すでにそういうお客さんはいらしたのですが、父もたまたまだろうと聞き流していたようです。ところが、先日、『二晩続けてこの宿で悪夢に悩まされた。この旅籠は祟られてるんだろう』と言い出されたお客さんがいて、前払いした金を返せと問答になってしまったのです」

「何と、眠れないのを旅籠のせいにされてしまったのですか」

「はい。ただ、苦情を言い出すお客さんはこれまでにもいらして、父や番頭は対処の仕方を弁《わきま》えています。たいていは別室で因果を含めてお帰りいただくのですが」

「なるほど。踏み倒されることはないのですか」

竜晴が問うと、花枝は小さな溜息を漏らした。

「まったくないとは言えません。ただ、初めてのお客さんからは一泊目の宿代は前払いしていただきますし。たいていは言いがかりのようなものなのです。今回のお客さんもその類だと思うのですが、とはいえ、眠れないという苦情は他の方からも入っていましたし」

「眠れなかったのが本当だとしてもさ。それをうちの旅籠のせいにするなんて、嫌がらせだよ」

と、それまでおとなしくしていた大輔が不服そうに口を挟む。

「幸い、今回は騒ぎのあったその場で、常連さんが口添えしてくださいました。今の江戸ではそういうことを訴える人が大勢いる、だから旅籠のせいと決めつけるのはよくない、と――。苦情を言っていたお客さんも気を静められ、別室に移ってくださったので、それ以上の騒ぎにはならずにすみました。ですが、下手をすれば、お客さんたちが宿代を返せと騒ぎ出すこともあり得たのです」

「ならば、また同じことが起きるのではないかと、大和屋のご主人は気がかりなことでしょう」

竜晴の言葉に、花枝はうなずき、大輔は悔しそうな表情を浮かべた。

「この騒ぎがあって、私たちも旅籠がどういう状況なのかを知り、泰山先生のお言葉を思い出しました。父も成り行き任せにはしておけず、他の旅籠屋の様子を聞いたり、調べさせたりしたのです。そうしましたら、本当に大勢の人が不眠に悩まされていて、決して旅籠屋だけの悩みの種というわけではないらしく」

「私も聞いています。ここ数日のうちに、その手の症状の人はどんどん増えているようですね」

花枝や大輔にその症状がないかと問うと、それはないと言うので、竜晴はひとまず安堵した。

「宮司さま、これは病の類なのでしょうか。それとも、怪異や妖のしわざによる凶事なのでしょうか」

花枝は不安げな眼差しになって問う。

「そのことについては、現状では何とも言えません。泰山も寝つきをよくする漢方の薬を用意し、症状を訴える人に処方しているそうです。それで改善すれば、怪異の類とは無縁なのでしょうが」

「でもさ。周りにほんの数名、寝付けない人がいるって感じじゃないぜ。けっこうな数の人が同じことを訴えるのってさ、何か化け物みたいな奴の力が働いているってことじゃないのかな」

大輔は怪異のしわざと考えているようであった。

「今の段階で私たちにもできる予防の策などがあれば、教えていただけませんか」

真剣な目を向けてくる花枝に、竜晴はうなずいた。

「大和屋のご主人が私に知らせてくださったのは幸いでした。もちろん、怪異のしわざならば、その原因は取り除かねばなりませんが、今の段階では手が打てません。

解決にはもうしばらくかかるでしょうが、少なくとも大和屋のお客さんたちが悪夢に悩まされぬようにいたしましょう」

「え、そんなことができるの？」

大輔は意外そうな声を上げ、竜晴に期待のこもった目を向ける。花枝は声こそ上げなかったが、竜晴に向けられた眼差しには驚きと喜ばしさが宿っていた。

二人とも、今すぐどうにかしてもらえるとは思っていなかったようだ。

不眠による不調は泰山の職分だが、悪夢を寄せ付けないだけなら獏の札があればいい。旅籠へ泊まりに来る客ならば体は元気なのであろうし、悪夢を見なくなれば旅籠に文句をつける客もいなくなるだろう。

竜晴がその説明をするのを、花枝と大輔は熱心な眼差しで聞いた。

「ねえ、竜晴さま。獏の札って、どういうの」

大輔は興味津々といった様子で訊いた。

「ふむ。実はある方にお渡しするべく、獏の札を用意していたところなのだ。その札は差し上げられぬが、まだ呪をかけていない札が残っている。そちらに呪をかけ、お渡ししよう」

「呪をかけるって、そんなに容易くできることなの」

「札を作るのはそれなりの手間がかかる。特にこの札は獏の絵を描かねばならぬのでな。しかし、呪をかけるのは特に手間はかからない」

「あのさ。呪をかけるところ、見てもいい？」

「宮司さまが呪を唱えて、邪を祓うところなら、これまで何度も拝見したでしょう」

花枝が小声で大輔をたしなめた。

「それはそうだけどさあ。格好いいもんは何度だって見たいじゃん。それに、邪を祓うのと、お札にまじないをかけるのはまた別のことなんでしょ。ええと、違うのかな、竜晴さま」

大輔が花枝から竜晴に目を移して訊く。

「まあ、すっかり同じというわけではないが、似たようなものだ。大輔殿が見たいのであれば、目の前で呪をかけて差し上げることはできる」

「ぜひ、そうしてください。お願いします」

大輔は深々と頭を下げてみせる。

「ならば、札を取ってこよう」

竜晴は立ち上がった。「勝手なことばかり申し上げて」と恐縮する花枝に「かまいません」と答え、廊下へ出てから隣の部屋へ移る。ここには、すでに描き終えた獏の札が何枚かあった。これから必要になるかもしれないと、昨晩用意したものである。ただし、呪をかけるのは札を使う直前に行わねばならない。万一にも呪力を施した札が余所《よそ》の者の手に渡り、悪用されるのを防ぐためだ。

竜晴は札を一枚持って部屋を出ると、台所から盆を抱えてやって来た玉水と出くわした。

「花枝さんと大輔さんがいらしたんですよね。麦湯をお持ちしました」

得々として言うが、抜丸がいれば、どうしてもっと早く用意できなかったのかと、叱りつけるところだろう。

「そうか」

盆の上を見れば、湯気が立ちすぎている。秋の半ばを過ぎ、涼しさも増してきたからと気を利かせたのだろうが、もう少し冷まさなければ飲めないだろう。竜晴は水の気を操り、温《ぬる》さを調えた。

「これで、お二人が舌を火傷《やけど》することもあるまい」

「あ、すみません。冷めるのをしばらく待ってたんですけど、なかなか温くならなくて」

　と、玉水は謝った。

「ふうむ。そういう時は水を加えればいいと、抜丸は教えてくれなかったのか」

　玉水は一瞬ぽかんとし、それから「そういえばそうですね」と破顔した。

「ええと、抜丸さんは、そういうことは教えてくれなかったと思います。教えられた手順通りにやれば、失敗なんかするはずないって、いつも言っていますから」

　玉水は悪びれずに言い、「なるほど」と竜晴は納得した。

　それから、花枝と大輔の待つ居間へと戻り、玉水が麦湯を供するのを待ってから、竜晴は貘の札を二人に示した。

「へえ、これが貘っていう生き物なのか」

　大輔は初めて見たらしく、しきりに感心している。

「鼻が長いのですね。ここだけは、象という生き物の絵に似ているようですわ」

　と、花枝も貘の絵をのぞき込んで言う。

「あ、そうなんです。花枝さんの言う通り、鼻は象のものなんですよ」

と、ちゃっかりその場に座り込んだ玉水が言った。それから続けて、足は虎、尾は牛と披露し始める玉水の言葉に、花枝と大輔は感心している。

「すごいわね、玉水ちゃん。小さいのに物知りだわ」

「ああ。見直したぜ」

などと、二人から言われ、玉水は嬉しそうだ。

「今の玉水の言葉をすべてでなくてよいので、この絵と合わせて覚えておいてください。たとえば、鼻だけとか、尾だけとかでもけっこうです。このお札は旅籠の鬼門に当たる場所に貼ること。そして、万一にも札の絵が変わることがあれば、すぐに私に知らせてください」

竜晴の言葉に、花枝と大輔は真剣な表情になって、大きくうなずいた。

「では、呪を施しましょう」

竜晴は言い、札を左手に持ち、右手を軽く結んで人差し指と中指だけを立てた形で、印を結んだ。

清《さや》かなる月の光明、苦患《くげん》を溶かし、安らかなる夜の帳《とばり》を瞼《まぶた》に宿さん
オン、センダラ、ハラバヤ、ソワカ

最後にふっと息を吹きかけてから、竜晴は札を花枝に「どうぞ」と差し出した。

「ありがたく存じます」

花枝は恭しく受け取った。

「これを鬼門、ええと、北東だったよね。そこに貼れば、お客さんはもう大丈夫なんだね」

大輔が花枝の手にある獏の札を、横からのぞき込みながら言う。

「うむ。ただし、くれぐれも放置はせず、札がきちんと貼られていること、また別の札に差し替えられていないことを、毎日とは言いませんが数日置きにでも確かめてください」

「毎日確かめます。いえ、毎朝毎晩でも」

花枝は札を抱えながら、熱意をこめて言う。

「うん。俺もちゃんと毎日確かめるよ」

と、大輔もしっかり請け合った。

二

花枝と大輔の二人が札を大事に抱え、帰っていった時には、昼の八つほどになっていた。昨日と同様、玉水と抜丸には留守を、小烏丸には空からの様子見を頼み、竜晴は伊勢貞衡の屋敷へ向かった。

屋敷では、昨日と同じ若侍が案内してくれた。この日も庭師たちの姿を見かけたが、今日は樅の木の北側に植えられていた沈丁花と椿を植え替えているようだ。

「樅があちら側に伐り倒されるので、そちらの木々を移しているのでしょう」

と、若侍は竜晴に話した。

そこを通り過ぎて間もなく、昨日はなかった三味線の音が聞こえてきた。アサマが話していた女客というのは、やはりおくみのことだったのだろうか。

「この音色は、お屋敷のどなたかが？」

竜晴が訊くと、

「いえ、客人のものと思われます」

と、若侍が少しきまり悪そうに答えた。

「伊勢殿のお部屋の方から聞こえるようですが、先客がお見えでしたか」

「はあ。ですが、賀茂さまをお通ししてかまわぬと承っておりますので」

「そうでしたか。もしや客人とは、元芸子で今は三味線の師匠をしている女人ではありませんか」

「はい。そのようでございます」

武士が昼間から音曲を楽しむことを恥じているのか、若侍は竜晴と目を合わせずに答えた。

「二日ほど前から、殿に近付いてまいりまして。日を空けず、ああして」

口ぶりからすると、若侍は女を疎ましく思っているようだ。

訪問客はおくみで間違いないだろう。竜晴と小烏神社で会ったのが十八日で、今日が二十二日だから、二十日には貞衡と再会していたものか。十八日の時には、知り合いの伊勢清十郎が貞衡かどうかも分からず、その屋敷の場所さえ知らなかったのに、二日でそれを調べ上げたことになる。

(確か、知り合いにも尋ねていると言っていたな)

芸子をしていた頃の知り合いに訊けば、すぐに教えてもらえたのかもしれない。

とはいえ、宴席で何度か顔を合わせただけという話が本当なら、こうして押しかける図々しさと度胸のよさが不自然であった。夢に現れた貞衡の身を案じていただけならば、連日通う必要はないし、音曲を披露する必要はさらにない。

やはり妙だと思いながら、貞衡の部屋へ赴くと、

「おお、賀茂殿。昨日に続き、申し訳ない」

と、貞衡が迎えてくれた。

果たして三味線を弾いていたのはおくみで、竜晴の姿を見ると、撥《ばち》を止めて頭を下げる。

「鈴虫、いや、このおくみより聞いております。何と、おくみは賀茂殿のお社を訪ねていたそうで」

驚いた表情で言う貞衡は、昨日よりも気分は高揚しているように見えるが、あまり健やかそうには見えなかった。

「おくみ殿から、伊勢殿かもしれぬお方の話は聞きました。しかし、おくみ殿はどうやってこちらへ」

「おくみは昔の知り合いに訊いて、ここを探し当ててくれたそうな」

と、貞衡が感謝をこめた口ぶりで告げた。

「はい。殿さまにも申し上げたのですが、やはり例の夢のことが気になりまして……。知り合いに尋ねて回りましたら、何とかたどり着けたのでございます。とはいえ、たかが元芸子、急にお訪ねしても追い返されるだけと覚悟の上、思い切って門番殿に声をかけさせていただきました」

そうしたら、貞衡は鈴虫のことを覚えていて、対面の運びになったそうだ。二人は再会を果たし、それぞれ悪夢に悩まされていることを語り合った。おくみは、貞衡の顔色があまりよくないのを見て、胸を痛めたという。

「ただ今、三味線を人に教えて暮らしを立てていることもお伝えいたしました。拙《つたな》い芸でよろしければ、いつでもお弾きすると申し上げますと、殿さまがぜひ聞きたいとおっしゃるので」

翌日、再び屋敷へ参上し、三味線を弾いたのだという。それが昨日のことになるが、おくみが来たのは、竜晴と泰山が帰った後であった。

そこで初めて、おくみが小鳥神社を訪ねたことも、貞衡が竜晴たちと知り合いであることも分かったそうだ。「ならば賀茂殿がお見えになる時に、おくみも参るがよい」という話になり、おくみは引き続き今日も伊勢家を訪ねてきたという。

「なるほど、そうでしたか」

貞衡とおくみの話に矛盾はない。それならば、昨日貞衡の口からおくみの話が出なかったのも不自然ではないし、おくみが竜晴に知らせてこなかったのも、事の運びがあまりに急だったから、という言い訳が成り立つ。

(だが、一日目の訪問はともかく、連日三味線を聞かせにくるとは……)

それでは、客の歓心を買おうとする芸子そのものではないか。昼間から主人に音曲を聞かせることに、非難の目を向ける家臣もいるというのに、気づいていないのか、あえて無視しているのか、おかまいなしだ。

そんなおくみは輝いていた。得意とする三味線を手にし、本領を発揮できる喜びもあろうが、とにかく楽しくてたまらないのだろう。ここで貞衡を相手に、三味線を弾くことそのものが――。

「ところで、伊勢殿。昨晩はよくお休みになれましたか。前にお聞きした同じ夢とやらは御覧になったのでしょうか」

竜晴が話を変えて問うと、貞衡の表情は少し曇った。

「うむ。生憎なことに、前の晩までと変わらなかった」

「そうですか。今日は新しいお札をお持ちしましたので、今晩からは安らかにお休みになれることと存じます」

竜晴はそう言い、懐から紙に包んだ獏の札を取り出した。

「中を開けて、お検《あらた》めください」

「うむ」

貞衡は包み紙から札を取り出し、

「なるほど、これが獏か」

と、唸《うな》った。

「確かに、鼻は象のごとく、尾もまた、前の札のような蛇ではない」

「その絵をしかと見覚え、万一にもすり替えられることがあれば、すぐにお知らせください。ただし、今度はさような不届きを行うものがいれば、この札を通して、私が察知できるよう術を施しましたので、大事には至らぬことと存じます」

「それはありがたい」

貞衡は札を紙で包み直すと、それをわずかに掲げ、竜晴に礼を述べた。それから札はしかと懐にしまった。

「ところで、おくみ殿はいかがですか」

竜晴はおくみに目を移して尋ねた。

「え、何のことでございますか」

おくみは怪訝な表情を浮かべる。

「おくみ殿の夢見でございます。伊勢殿と同じく、毎晩夢にうなされているということでしたが」

「あ、そのことでございますか。実は、殿さまのお顔を拝した二日前の晩からは、夢は見ておりません。眠れないこともなく、私の方はすっかり」

おくみが潑溂として見えるのは、そのせいでもあったのだろう。

「宮司さま、どういうことでございましょう。あの夢は悪夢などではなく、殿さまとの再会を暗示する予知だった、ということでしょうか」

おくみは都合のいい解釈をし始めたようであった。

「さて。それについてははっきりしたことは申せませんが」

竜晴はおくみの言葉を受け流すと、

「そういえば、扇子をお預かりしたままでございましたね」

と、続けた。

「はい。私についてはもう案じることはなくなりましたので、お返しいただければと存じますが」

「今日、おくみ殿がこちらにいると知っていれば持参したのですが、生憎、まだ社に置いたままです。いつでもよろしいので、受け取りに来ていただければ、すぐにお返しいたします」

「え……社へ、でございますか」

おくみはなぜか、渋るようなそぶりを見せた。

「何か、ご都合の悪いことでも」

「いえ、さようなことはありませぬ。ですが、私が伺うより先に、宮司さまがこちらへお越しのことがございましたら、殿さまにお預けくださいませんか。私は毎日、こちらへおうかがいいたしますので」

「ほう。毎日ですか」

竜晴はじっとおくみの顔を見据えた。おくみはその強い眼差しに耐え切れず、目をそらしてしまう。

「毎日でも三味線を聞かせてほしいと言ったのはそれがしでござる。毎日は難しかろうと思うていたが、おくみは何とか都合をつけ、よき音色を聞かせてくれる」

おくみを庇うように口を挟んだ貞衡は、「おお、三味線が中断していたな」と思い出したように言った。

「賀茂殿もせっかく来られたゆえ、一曲くらい、おくみの三味線をお聞きになるとよい」

「お許しいただけるのであれば、ぜひそのように」

竜晴が答えると、貞衡はすぐに弾くよう、おくみを急《せ》かす。

「それでは、『想夫恋《そうふれん》』を――」

おくみは躊躇いなく言い、『想夫恋』を弾き出した。元は琴でも演奏されるもので、『平家物語』でもこの曲を弾く話がある。三味線で聞けば、琴よりは華やかな音色だが、何といっても秋にふさわしい嫋々《じょうじょう》とした曲であった。

（想夫恋とは、思わせぶりだな）

聞かせる相手が夫や恋人であれば、これほど似つかわしい曲はない。女が男を慕っていて、男の方も憎からず思っているのであれば、互いの気持ちもより掻き立てられるというものだろう。

だが、付き合いの浅い間柄であれば、これほど気まずい曲もあるまい。それなのに、おくみは無論、貞衡にも困惑の色は見られなかった。

むしろ、貞衡は目を閉じ、おくみの弾く三味線の音色に陶酔しているようである。おくみもまた、三味線を弾くにつれ、曲に乗せた思いが高じたかのごとく、やがては涙さえ浮かべ始めた。

竜晴は二人の姿をじっくりと見定め、『想夫恋』が終わってから、暇《いとま》を告げた。

貞衡はそれ以上引き止めようとはしなかった。

「今日はまことにかたじけないことでござった」

礼を口にする貞衡の言葉に嘘はないだろうが、その時もなお、おくみの演奏への感動が抜けきらないふうに見える。

「ところで、伊勢殿。せっかくですから、久々に鷹のアサマに会っていきたいのですが、かまわないでしょうか」

竜晴は思い出したように尋ねた。もちろん、アサマがしょっちゅう小鳥神社へ飛んできていることを、貞衡は知らない。

「もちろんかまいませぬ。案内役の者に申しつけてくだされば、小屋へとお連れいたすでしょう」

貞衡は言った。以前は、アサマの話題が出た時は口数が多かったが、今は特にこれといって付け加えるそぶりも見せない。竜晴は礼を言って、貞衡の部屋をあとにした。それから案内役の侍に貞衡の言葉を告げ、アサマのもとへと案内してもらう。

アサマは樅の木があったのとは反対の東側の庭に、大きな小屋を作ってもらい、そこで暮らしていた。中には松の木が生えており、その太い枝にとまっている。

伊勢家に雇われている鷹匠の三郎兵衛《さぶろべえ》が出てきて、「ご無沙汰しております」と竜晴に挨拶した。三郎兵衛はかつて怪我《けが》をした時、泰山の患者となっており、小鳥神社で養生をしていたこともある。

「三郎兵衛殿もお健やかで何より」

竜晴は挨拶を返した後、アサマの様子について尋ねた。

「はあ。変わりはありませんが、近頃は朝方に外へ出たがることがあって」

と、三郎兵衛は困惑した様子で答える。

「そうですか。まあ、アサマはご存じの通り、怪異に触れたこともあり、それでもなお生き続けた強い鷹です。ゆえに、並の鷹とは違うこともあるでしょうが、アサマ自身の望む通りにしてやるのがよいと思いますよ」

アサマが行動しやすいよう、三郎兵衛に吹き込んでおく。

「おっしゃる通り、アサマは並の鷹ではございません」

これからは心置きなく、アサマの望む通りにさせてやると、三郎兵衛は言った。

竜晴はしばらくアサマの様子を見ていたいと告げ、三郎兵衛が離れていくのを待ち、アサマに内心で語りかけた。

――伊勢殿に貘の強力な札をお渡しした。これで、悪夢は改善するだろう。

――宮司殿、かたじけない。

アサマは竜晴にじっと目を向けたまま、鳴き声は立てずに返事を伝えてきた。

――伊勢殿のそばにおくみ殿がいた。前に話した元芸子の女人だ。

――そのことについては、後で宮司殿にお知らせしようと思っていた。あの女は一昨日初めて現れたのだが、昨日はそれがしが宮司殿のもとへ出かけている間にやって来て、我が主を籠絡《ろうらく》していたようだ。

おくみに対するアサマの見方も、なかなか手厳しい。

――籠絡したかどうかは知らぬが、伊勢殿とは聞いていた以上に親しげであった。札をすり替えた見込みもあるゆえ、しばらく様子を見ていたが、今のところ特に怪しいところはない。ただし、これからも伊勢殿のもとへ毎日来ると言っていた。

――何と。女狐《めぎつね》めが、我が主にまとわりつくつもりか。

女狐という言い草は、玉水に対して失礼だろうと思いつつ、そのことは言わず、竜晴は話を切り上げることにした。

――私はもう行くが、引き続き伊勢殿をよくよく見守ってくれ。

――うむ。それは任せてくれ。それから、三郎兵衛への口添え、かたじけない。

竜晴は一度うなずき、小屋から離れた。

最後にアサマが一声鳴いた。「お気をつけて」と言ったのだった。

三

それから、五日後の二十七日の午後、おくみは鏡台の前で念入りに化粧をしていた。

芸子を辞めてからは、美しく装うこともなくなっていたが、貞衡のもとへ通い始めてから、化粧の具合が気になり出した。着ていく小袖も同じものは身に着けたくなくて、急いで古着屋へ行き、二着も買い求めてしまった。一着は秋野の草花をあしらった小袖で、もう一着は濃い臙脂《えんじ》色の地に雁《かり》の飛ぶ姿が描かれたものだ。

身支度をしている間や、装いの組み合わせを思案している間は、我にもなく心が弾む。気持ちが若返り、芸子をしていた頃の華やかな自分に戻ったような気にさえなった。

——お前を江戸でいちばんの芸子にしてやろう。

おくみの旦那はそう言っていた。おくみもいつしか、それは決して叶《かな》わぬ願いではないと思い始めていた。自分には美貌もある、若さもある、そして芸の才もある、そう思い込んでいたからだ。だが、真実は違っていた。旦那から浴びせかけられる甘い褒め言葉を、ただ真に受けてしまっただけのことであった。

──お前を江戸でいちばんの……。

同じ言葉を、旦那は別の女にも言っていた。そう、おくみから旦那を奪ったあの若い芸子にも。

──そなたを都でいちばんの白拍子にしてやろう。

同じ言葉を、あの若い白拍子にも──。

白拍子──？

白拍子とは、何のことだろうか。白拍子など今の世にはいないはずだ。

そもそも、都でいちばんとは、どういうことか。自分は江戸の芸子の鈴虫だ。いやいや、何を言っているのか。自分はもう芸子ではない。鈴虫の名もずっと以前に捨てた。

今の自分は、三味線の師匠のくみである。

自分にそう言い聞かせながら、おくみは鏡の中の自分を見つめた。

確かに、鏡に映っているのは、二十代の半ばを過ぎた女であった。かつて美しいと皆から褒められた容姿は、少しやつれ気味ではあるが、それほど衰えてもいない。貞衡とて、少しも変わっていないと言ってくれたではないか。

本当に優しい方だと思う。凛々《りり》しく正義感にあふれ、誰よりも慕わしい方――。

いや、何を考えているのだろう。自分は貞衡のことをそんなふうに思ったことはなかったはずだ。それなのに、どうしてこのところ毎日のように、伊勢家の屋敷を訪問し、貞衡の前で嬉々として三味線を弾いたりしているのだろう。

だが、間違いなく胸が弾む。

貞衡の眼差しに包まれて三味線を弾き、唄を歌っている時がいちばん仕合せだと思えてしまう。おくみは買ったばかりの臙脂色の小袖を手に取った。秋の野に咲く吾亦紅の花穂のような色合いだ。この小袖を着た自分を見て、あの方は何と言ってくれるだろう。

「嵯峨野でお逢《あ》いした秋を思い出してくださるはず」

そう呟いて、おくみははっとなった。

「嵯峨野なんて、私は行ったこともないのに……」

ましてや、貞衡と外で会ったことなど一度もない。

そうは思うのに、臙脂色の小袖に手を通さずにはいられなかった。もう細かいことを気にするのはよそうと思った。

今の自分は独り身ではないか。世話になっている旦那もいない。将来を誓った相手もいない。

ならば、会いたい人に会いに行って何が悪いというのだろう。会いたい人の前で、念入りに装うことを楽しんだからといって、誰に詫びねばならぬというのだろう。

おくみはもう考えるのをやめると、臙脂色の小袖を身に着け、雁の羽の色と同じ薄墨色の帯を締めた。

立ち姿を最後に鏡の前で確かめる。

満足のいく装いだった。おくみは三味線を取ると、いつものように神田の伊勢家の屋敷へ向かう。

道ですれ違う幾人もの人がおくみを振り返った。誇らしいような気分と、なぜか悲しい気分とが、胸に迫ってきた。

自分は何をしているのだろう。うわべだけの褒め言葉にはもう踊らされまいと思っていたのに、今自分がしているのはうわべだけを着飾ることではないのだろうか。

考えるのはよそうと思うのに、考え始めると、頭が痛くなってくる。まるで頭の中に何かが詰まっているようだ。

やがて、おくみは伊勢家の屋敷へ到着した。門番の若侍がいかにも迷惑そうな目を向けてくる。これもいつものことであった。

この屋敷の侍たちは、おくみが貞衡を誑《たぶら》かしていると思っている。

だが、それは誤解だ。自分にはそんな気持ちはまったくない。貞衡にだってないだろう。なぜなら、あの方はとても誠実で、父君を裏切るようなことは決してなさらない清廉なお方なのだから。

父君――？　自分は貞衡の父親と会ったことがあっただろうか。ふとした疑問が浮かんだが、それを頭の隅に追い払い、

「場所は分かりますので、案内はけっこうです」

おくみは侍の案内を断った。それでも役目だからと、いやいやながら案内してくれるかと思ったが、「さようか」と冷たく突き放されただけであった。

おくみはいつものように庭先を通って、貞衡のもとへ向かった。

「よう来てくれた」

貞衡は笑顔を浮かべてくれる。

そうだ。この柔らかな笑顔を見たいがために、自分は毎日ここへ来ずにはいられないのだ。

他の誰が冷たい目を向けてきたとてかまいはしない。この方が優しい眼差しを向けてくださるのなら――。

「今日は何をお聞かせいたしましょうか」

おくみは三味線を取り出して訊いた。

「何でもよい」

と、貞衡が言う。

「そなたの好きな曲であれば何の曲でも」

「それでは」

おくみは少し考え込んだ末、撥をかまえた。抑え気味の静かな前奏を弾いた後、

「もえ出づるも枯るるも同じ野辺の草……」

と、おくみは歌い出した。

「……いづれか秋にあはではつべき」

どうして自分だけが飽きられ、捨てられてしまったのだろう。どうして自分だけが秋の野で枯れていかねばならなかったのか。

いや、そうではない。胸が締め付けられるほどにつらかったのは、捨てられたことではなく、自分の真実の想いをただの一度も表に出せなかったことだ。

わたくしは本当は……あなたさまを——。

おくみは涙に濡れた目で、目の前の男を見つめた。

「小松内府《こまつのないふ》さま……」

男の顔はすでにはっきりとは見えなくなっていた。涙は後から後からあふれ出して、もう止まらない。

「わたくしはあなたさまをお慕いしておりました。あなたさまもそれを分かっていたはず……。それなのにどうして」

バシン——という鋭く激しい音がする。三味線の糸が切れたのだった。右手に痛みが走ったが、おくみは目もくれない。

「どうして、あなたさまはわたくしをおそばに召してくださらなかったのです」

おくみはそう訴えると、男の目の前で泣き崩れた。

それから半刻も経たぬ頃、小鳥神社の上空には鷹の姿があった。

鷹はまっしぐらに神社の庭先へと舞い降りていく。

「宮司殿、お頼み申す」

伊勢家の屋敷から飛んできたアサマは、地面に下り立つなり高らかに鳴いた。

「どうした、アサマ」

すぐさま小鳥丸がアサマの横に舞い降りる。

「おお、小鳥丸殿」

と、アサマが応じた時にはもう、縁側に竜晴たちの姿があった。

「今少し前に、例の三味線弾きの女子《おなご》が我が主のもとにやってまいった」

と、アサマは慌ただしく報告した。

「元芸子のおくみ殿のことだな」

「さよう。これまでも胡散臭《うさんくさ》い女子と思うてまいったが、今日の様子は明らかにおかしかった。何かに憑かれているとしか思えぬ」

「お前はおくみ殿の様子を見ることができたのか」

「女子が参ってしばらくすると、屋敷が騒がしくなった。気になったのでそれがしも騒ぎ立て、小屋から出してもろうた。あとは庭先から主の部屋へ飛んでいったのだ」

そこには、泣きじゃくる女と茫然とする貞衡の姿があった。家臣たちも駆けつけていたようだが、その後のことは分からない。とにかく、女が貞衡を害していないことだけ確かめ、すぐに小鳥神社へ飛んできたのだと、アサマは告げた。

「我が主は宮司殿のお札のお蔭で、ようやく悪夢から放たれたばかり。ここでご心労をおかけしたくはない」

「おぬしの気持ちは分かる」

と、竜晴はアサマに言い、念のため貞衡のもとにある札の様子を探った。貞衡の身に何かあれば、すぐに札が知らせてくれるはずで、今のところ、貞衡は無事である。だが、その内心が平静でないことは確かなようであった。

「伊勢殿の身が案じられるだろうが、おくみ殿に憑いたものについては心当たりがある。そして、私の考えるところ、そのものが伊勢殿に害を為すことはない」

「何と、宮司殿には心当たりがおありか」

アサマは驚きつつも、貞衡に害が及ばないと聞いて安堵したようであった。

「私もこれから伊勢殿の屋敷へ行くが、アサマは先に戻っていればよい。ただし、これを持っていってくれ」

竜晴は袂から扇子を取り出した。

「この扇子があれば、おくみ殿に憑いたものは冷静さを取り戻すことができる。ゆえに、念のため、これを先におくみ殿のもとへ届けてほしい」

竜晴の言葉に応じ、アサマは縁側の上へ飛び乗ってきた。

「嘴に銜《くわ》えることもできるだろうが、首から提げた方が無難であろう。抜丸よ、適当な紐《ひも》で扇子を縛り、アサマの首につけてやれ」

竜晴が人型の抜丸に告げると、「かしこまりました」とすぐに抜丸は扇子に紐を括《くく》り付け、それをアサマの首から懸守《かけまもり》のようにぶら下げた。

「ありがたい。では、宮司殿、お先に参る」

アサマはそう言って、空へ飛び立っていった。

「竜晴よ、我らもこれから参るのか」

小烏丸が今すぐにでも飛び立ちそうな勢いで問う。それにはすぐに答えず、竜晴

はいったん目を閉じると、

「ふむ。今こちらへ泰山が来ているようだ」

と、呟いた。

「泰山にも同行してもらった方がよい。ゆえに、私は泰山を待って、出かけることにする。小烏丸は先に行き、万一の時はアサマを助けてやれ。ただし、できる限り、屋敷の人々の目には触れぬように」

「分かった。せいぜい屋根の上辺りから様子をうかがうことにする」

そう言うなり、小烏丸は飛び上がっていった。

「抜丸は玉水と共に留守を頼む。こういう時、怪異の類に襲われるのが何より怖い。ゆえにしかと頼む」

「お任せください、竜晴さま」

抜丸は自信たっぷりに請け合った。白蛇の方が本領も発揮できるだろうと、人型の術をその場で解く。

そうするうち、泰山が近付いた気配を察し、竜晴は庭へ下りた。

「泰山を拾ってそのまま行く。あとを頼むぞ」

抜丸と玉水に言い置き、足早に歩き出すと、鳥居のところで泰山と出くわした。

「おお、竜晴。出かけるところか」

と、明るく挨拶しかけた泰山は、すぐに笑みを消した。

「どうかしたのか」

「伊勢殿のお屋敷で厄介なことが起きたようだ。おくみ殿もいるらしい」

「何だと」

泰山はすぐに体の向きを変え、竜晴と一緒に歩み出した。

「お前に来てくれと頼むつもりだったが、どうやらその必要はなさそうだな」

竜晴が足の運びを緩めずに言うと、

「当たり前だ」

と、泰山は力強く返す。

「お前の頭の中はいつも謎だが、今考えていることくらいは分かるつもりだ」

「うむ」

竜晴は前を見たままうなずく。泰山の背負う薬箱の中身がかたかたと激しい音を立てて揺れた。

七章　神は未練を嫌う

一

竜晴と泰山が伊勢家の屋敷に到着した時、騒々しさに眉をひそめるようなことはなかった。とはいえ、いつものように秩序のある落ち着きに包まれているわけでもない。

門番はおらず、中へ入っても案内役の者が現れはしなかった。前と同じ順路で貞衡のもとへと向かったが、庭師たちの姿も見えない。誰にも会わぬまま、奥向きの出入り口へ向かうと、ようやく人の声が聞こえてきた。

歌を歌っているようだ。澄んだ声でよく通るのだが、心地よく聞きほれることのできない切実さがある。

「これは、おくみ殿の声だな」

泰山が落ち着いた声で言った。

「うむ。どうやら、例の扇子に書かれていた歌のようだ」

竜晴が告げると、泰山は耳を澄ませるように目を閉じた。ややあってから目を開け、「そのようだな」と応じる。

「申し、恐れ入ります」

竜晴は奥へ声をかけたものの、誰も出てくる気配がないので、二人は勝手に中へ上がった。廊下を進んでいくと、前に通された貞衡の部屋の前で、数人の男たちが集まっている。

だが、彼らの前の襖《ふすま》は閉ざされていた。

「失礼」

竜晴が声をかけると、男たちがいっせいに振り返った。その中に竜晴の知る牧田もいた。

「ああ、小鳥神社の宮司殿」

と、牧田は縋《すが》りつかんばかりの眼差しを向けてくる。

「こちらから送った使者が到着いたしましたか」

「いえ、そちらのお方とはお会いしていませんが」

竜晴が答えると、牧田は怪訝な表情をした。

「それでは、何ゆえここへ」

まさかアサマから聞いたと言うわけにはいかない。

「私が伊勢殿にお渡しした札の様子に、気になることがありましたので」

と、竜晴は答えておいた。

一方、伊勢家の側も竜晴に知らせの使者を送ったそうだが、入れ違いになってしまったようだ。

「殿は、我々には部屋へ立ち入るなとおっしゃいまして」

牧田が弱り果てたという声で告げた。

貞衡の部屋からは、女の泣き声やら、障子を打ち破る音やらが漏れてきて、家臣たちは気を揉んでいたという。ところが、貞衡は家臣たちの立ち入りを禁じ、竜晴を呼んでくるように告げたそうだ。そうこうするうち、部屋からは女の歌声が聞こえてきたのだという。

「この歌ばかりを途切れることなく歌い続けておるのです。我らも何やら薄気味悪くなってまいりましてな」

「なるほど」

竜晴は一通りの話を牧田から聞き終えた後、襖の前の場所を空けてもらい、貞衡に声をかけた。

「伊勢殿。小烏神社の賀茂が参りました。医者の立花泰山も同行しております」

「おお、賀茂殿に立花先生。よくぞ来てくだされた。中へ入っていただけるか」

「分かりました。その前にご家臣の方々が心配なさっておられます。私が参ったからにはもう大事ありませんので、お下がりいただいてもよろしいでしょうか」

竜晴が問うと、「下がるよう告げてください」と中からは返答があった。もとより貞衡はずっとそう言い続けてきたようだが、家臣たちが心配の余り、立ち去りかねていたらしい。

「私は怪異や物《もの》の怪《け》に憑かれた人を見ることに慣れております。この類ばかりは皆さんの誇る武勇ではどうにもならないゆえ、伊勢殿は私をお呼びくださったのでしょう。後は私にお任せになり、お下がりください」

竜晴は牧田たちを説得した。彼らは互いに顔を見合わせている。

「霊を祓うには、その場が安静であることが最も大事なること。皆さんがここにおられると、霊も落ち着かないことでしょう。ここは伊勢殿のお言葉に従われるのがよいと存じます」

竜晴がなおも言うと、今度は牧田が「皆さん、宮司殿のおっしゃる通りにいたしましょう」と説得に当たってくれた。それでようやく、家臣たちは竜晴に後を頼み、去っていった。最後になった牧田は竜晴に頭を下げ、皆の背に続いていく。

それを見届けてから、竜晴と泰山は襖を開けた。

中は確かに異様な状態である。ひたすら歌い続けるおくみも奇妙だが、それ以上に目を奪われるのは破られた障子の惨状であった。どうやら、これはアサマが外から突進して打ち破ったものらしい。壊された組子《くみこ》や障子紙の残骸があちこちに散らばり、何とアサマ自身もそこにいた。

首からかけていた扇子はすでに取り外され、貞衡とおくみが向き合って座る畳の上に置かれている。

「おくみ殿」

泰山がおくみに声をかけた。が、おくみはその声も耳に入らぬ様子で歌い続けている。

「先ほどからずっとこの調子なのです」

もはや驚きを通り越して慣れてしまったのか、貞衡は存外落ち着いた様子で告げた。

「なるほど、これはおくみ殿ではなく、別のものに憑かれているのですが、歌の他に何か申していませんでしたか」

「そのことならば、私に向かって、知らぬ呼称で呼びかけてまいりました」

「何と言っていましたか」

「小松内府さま、確かそう申していました」

「なるほど、小松内府……ですか」

おくみに憑いているのは、もともと扇子に憑いていたと思われる白拍子祇王の霊だ。尼姿で小鳥神社を訪ねてきたことがあったから、竜晴にはすぐにその正体が分かった。

その祇王とゆかりのある者で「小松内府」と呼ばれた男と言えば、祇王を寵愛していた平清盛の長男、重盛しかいない。

「呼びかけてきただけですか」

「いえ……」

と、貞衡は少し困惑気味に呟く。

「どんなことを申していましたか」

「そうですな。私はあなたをお慕いしていた、あなたもそれを分かっていたはずだ、それなのにどうしてそばに召してくれなかったのか、と――。大体、そんなことを申していたと思います」

「それは……たいそう驚かれたことでしょう」

「無論ですとも」

貞衡はこの時だけは力のこもった声で答えた。

「何せ、突然のことでしたからな。しかし、その前に小松内府と呼ばれていたので、私を誰かと勘違いしているのだろうとは思いました。ただ、その時はまだ、おくみ自身がしゃべっていると思っていたのですが」

「内府（内大臣）といえば、公家でなければ公方さまがおなり遊ばす官職ですから、おくみ殿の知り合いということはないでしょう」

「確かに落ち着いて考えればそうなのだが……。ところで、小松内府とは『平家物語』に登場する平重盛公のことであろうか」

貞衡は独り言のように呟く。やはり平家一門の血を引くだけあって、今はそのことに考えが及んだようだ。

「この扇子は御覧になりましたか」

竜晴はアサマが運んだ扇子を示して、貞衡に尋ねた。

「うむ。アサマがこれを首に提げてきたのにも驚きました。まあ、その前に、障子を破って部屋へ突っ込んできた時は、もっと驚いたものですが……」

驚いたと言いながらも、すでに落ち着きを取り戻した貞衡は苦笑さえ浮かべている。

「なるほど。この鷹は本当に賢いようですね。ご主人の危うきを察し、駆けつけたのでしょう」

「しかし、どうやって察したのでしょう」

「屋敷の中が騒々しかったから、その気配が伝わったのではありませんか」

竜晴は貞衡が受け容れやすいように答えた上で、

「その後、私のもとに飛んでまいりました」

と、報告した。

「まさか、私の急を知らせに行ったとでも?」

貞衡は目を丸くする。

「いや、そこまでは分かりません。ただ、アサマが伊勢殿のもとへ帰るのは、私がこちらへうかがうより早くなるだろうと思いましたので、この扇子を括り付けさせていただきました」

「おくみが前に言っておりましたが、これが賀茂殿にお預けした扇子なのですな」

貞衡が扇子に目を向けて言う。

「さようです。これをアサマがもたらしてから、おくみ殿の様子は変わったのではありませんか」

「まことにもって。それまでは泣きじゃくっていましたが、それからはやや落ち着いて、歌を歌い始めました。三味線も弾こうとしたのですが、糸が切れてしまったので」

「なるほど」

と、竜晴がおくみに目を戻した時には、泰山がおくみの手から撥を取り上げ、その手の傷の治療を終えたところであった。糸で指を切っていたそうだが、大した傷ではないという。

「では、そろそろ私と話をさせてもらいましょう。伊勢殿も泰山も、おくみ殿から少し離れていてください。また、話しているのはおくみ殿ではありませんから、そのおつもりで。また、おくみ殿に憑いた何ものかが話しかけてきたとしても、伊勢殿は安易に返事をなさらぬようお願いいたします。そのものも伊勢殿に話しかけているわけではありませんので」

竜晴の言葉に、貞衡は神妙な面持ちで「承知いたした」と答えた。

それから、貞衡と泰山が襖の近くへ移動し、アサマも自ら庭へと去っていった。ただし、最後まで見届けようというつもりらしく、庭先からじっとこちらを見つめている。

竜晴はゆっくりおくみの前に移動し、その場に座った。

おくみの目は竜晴を見てはおらず、歌声もやみそうな気配はない。

「祇王殿」

と、竜晴はゆっくりと呼びかけた。歌声が一瞬、ぴたっと止まったが、ひと呼吸の後、再び流れ出す。

「祇王殿」

と、竜晴はもう一度呼びかけた。歌声が止まったのは一度目の時と同じだが、今度は眼差しが竜晴をしっかりととらえた。

「あなたはかつて私のもとへ来て、誰かの成仏を頼もうとした祇王殿に間違いありませんね」

おくみ——祇王は竜晴をじっと見つめ返してくる。

「小烏神社の宮司さま」

その唇が歌声以外の言葉を刻んだ。

「あなたが成仏を願ったお方は、入道相国《にゅうどうしょうこく》殿（清盛）でしたか」

竜晴は尋ねた。すると、祇王はふるふると首を振り、「いいえ」とか細い声で答える。

「相国さまは神に寵愛されておられました。神のご加護を得られなかったのは……小松内府さまでいらっしゃいます」

祇王はそれだけ言うなり、ぽろぽろと涙をこぼし始めた。

二

わたくしは、自分がすでに死んだことも、成仏できずに何百年とさ迷ってきたことも、しかと分かっております。どうして成仏できないのかも——。

わたくしはこの世に未練を残しているのでございます。わたくし自身が成仏することより、もっと大切なこと。小松内府さま——あの方が成仏なさったと確かめない限り、わたくしもこの世を離れることができません。

あの方はとてもお気の毒なお方でございました。

世間の人々には、相国さまのご長男とお生まれになり、才にも恵まれ、その跡継ぎとして順当にご出世なさったようにお見えだったかもしれません。志半ばで亡くなられたのはお気の毒でございますが、弟君たちが皆、その後の合戦で亡くなられたことを思えば、御一門の滅亡を知らずに逝けたのは、まだしも幸いであったと見ることもできましょう。

ですが、わたくしが申し上げたいのはそういうことではございません。あの方はご生前、それはそれはつらい思いをなさってこられたのです。そんなあの方が死後の幸いを得られないなど、あってよいはずがございましょうか。

この世に、あの方をお救いする神はおられないのですか。もしそうならば、わたくしは世の理《ことわり》を恨めしく思わずにはいられませぬ。

あの方の不仕合せの最たるものは、目の前の現世《うつしよ》より、先の世を見ることができたことです。何をどんなふうに御覧になっていたのかは存じませぬ。すべてを見通しておられたのかもしれませんし、時折ふっと、あるひと時の情景だけが見えたのかもしれません。

どんな形で御覧になっていたにせよ、人の身でそれを変えることがどうしてできたでしょうか。できたのであれば、あの方の御一門があれほど無残に滅ぼされはいたしますまい。

わたくしにはっきりと分かるのは、あの方が御一門の行く末を察しておられたことと、それを棟梁《とうりょう》として憂《うれ》えておられたこと、それに対して何もできなかったことでございます。

己の身内が……誰よりも大切な人々が、今目の前で輝いている人々が、やがて追い詰められ、矢で射られ、刀で斬《き》られ、挙句は海の藻屑《もくず》となって消えると知ってしまう。

その苦しみがどれほどのものか、お分かりになりますか。

もちろん、わたくしにも分かりませぬ。ただ、思いやるだけでございます。思いやり、あまりのお気の毒さに震えることしかできない……。そのことをどれだけ恨めしく思ったことでしょう。

あの方はこの世に生きながら、ただ一人、地獄をさすらっていたのでございます。自らの運命を知らず、その場の幸運に浮かれ、思いがけぬ不運に沈み込む——そういう自らの愚かな生きざまを、わたくしは嘆かわしく思っておりました。それでも、運命を知らずに流されるのは、運命を知って抗いながら力尽きるより、ずっと楽な生き方でございます。

小松内府さまのさらなるご不運は、神のご加護がすべてお父上の相国さまに集まり、あの方には与えられなかったことでございました。

相国さまのご運の強さは神のご加護によるもの。相国さまは厳島《いつくしま》の神々を深く信心し、奉仕しておられましたので、あの栄達はさもあろうと言われたものでございます。されど、だからといって、何ゆえ小松内府さまのお命をその報いとして差し出さねばならないのですか。

あの方がもっと長生きをなさり、御一門を率いておられたならば、おそらく御一門があぁして滅ぶことにはならなかったでしょう。神は相国さまに与えたご加護の対価として、御一門を滅ぼすことにしたのでしょうか。そのためには、小松内府さまが生きておられては都合が悪いので、そのお命を召し上げられたのでございましょうか。

わたくしはどうしても、そのことを受け容れられませんでした。

やがて、己の命が尽きてから、小松内府さまの御魂《みたま》を探し求めました。あの方が極楽往生を遂げられたのなら、それでよいのです。けれども、わたくしにはそうは思えません。御一門の行く末を知っていたあの方は、死してなおこの世に留まり、それを見届けようと願ったはずでございますから。

あの方の魂はきっと壇ノ浦《だんのうら》の海までも、御一門の方々と共にあったことでございましょう。ですが、その後、どこへ行かれたものか。

わたくしはただただ、あの方の御魂にめぐり会うことだけを求めつつ、さすらい続けました。そのうち、わたくしが現世で詠んだ歌を書いた古い扇子を見つけ、取り憑いたのでございます。その前にも、人や物に憑いたことは幾度もございましたが、もう忘れてしまいました。

とにかく、その扇子に取り憑き、見も知らぬ東の地へやってまいりました。わたくしが生きていた頃は坂東《ばんどう》といえば恐ろしいところでございましたが、思っていた以上に穏やかな人々の暮らしぶりでございます。わたくしに馴染《なじ》みの音曲も聴かれたので、妙にしみじみとした心地にもなりました。

そうこうするうち、この三味線弾きの女人がわたくしの憑いた扇子を買い求めたのでございます。この女人が元は芸子と知った時には、運命を感じました。

わたくしはこの地で小松内府さまの御魂にめぐり会える——そう思いました。それで探り始めましたところ、小鳥神社の宮司さまの並々ならぬお力について知りまして。ええ、もちろん、教えてくれたのは生身の人ではなくて、霊の類でございます。

けれども、宮司さまにも、居場所の分からぬ御魂の成仏はできぬと言われました。

それでもあきらめきれなかったわたくしは、ある時この女人に憑いてみたのです。するとこの女人の記憶の中に小松内府さまがいらっしゃるではありませんか。

まさか、この女人に霊が見えるとは思えませんから、いわゆる生身の方なのでしょう。とすると、小松内府さまはこの現世に生まれ変わっておられたのでございましょうか。

とにかく、わたくしは小松内府さまにお会いするため、この女人に働きかけ、小松内府さまの今の居所を探り出してもらうことにいたしました。この女人が小鳥神社の宮司さまを訪ねて、扇子を宮司さまに預けてしまったのには驚きましたが、あの折は無論、扇子からも女人からも離れておりましたので、宮司さまにも気づかれてはおりますまい。

その後は女人に憑き続けておりましたが、この女人はよくやってくれました。ついに、小松内府さまを見つけ出してくれたのです。

小松内府さまは前世のことを思い出してはおられぬようですが、それは致し方ございませぬ。わたくしがこれからゆっくりと教えて差し上げればよいのですもの。

これからはずっと、あなたさまのおそばに――。

祇王は潤んだ目を貞衡に向けて、口を閉ざした。祇王といっても霊はおくみに憑いているのだから、貞衡に向けられた目はおくみのものである。

貞衡は閉口した様子で、竜晴の方を見た。

「祇王殿」

竜晴は再び呼びかけ、祇王の目を自分の方に引き寄せた。

「そちらの方は小松内府ではない。伊勢貞衡とおっしゃる方で、あなたご自身とは縁もゆかりもない方です」

「それは生まれ変わったせいで、記憶を失くされたからでしょう。ですが、それはよいのです。仮に記憶を取り戻してくださらなくとも、わたくしはあの方のおそばにいられれば――」

「あなたが伊勢殿のおそばにいることは無理でしょう。伊勢殿は現世を生きる生身の方であり、あなたはすでに亡くなっているのですから」

「ですから、わたくしは……」

「おくみ殿の体はおくみ殿のものです。おくみ殿にこの先与えられるはずだった人生を、あなたが奪い取ってよいことにはなりません」

「それは……」

祇王は困惑した様子でうつむいた。

「伊勢殿が小松内府の生まれ変わりかどうか、私には確かめる術《すべ》がない。もしかしたら、あなたにはそうだと思える根拠があるのかもしれない。だが、そうだとしても、伊勢殿の人生はやはり伊勢殿のものであって、小松内府のために使われるべきではありません。小松内府がどれほどお気の毒な方であったとしても」

「…………」

「そもそも、小松内府がさような身勝手をお望みになると、あなたは本気で思っておられるのか」

「いいえ、あの方は身勝手などとはかけ離れたお方で……」

祇王は顔を上げ、それだけは言わねばならぬという様子で懸命に言った。

「ならば、あなたが今言ったようなことをしてよいかどうか、分からぬはずがありますまい」

祇王は再び力なくうつむいてしまう。

「あなたは初めて私の社に来られた時、ある方の成仏を頼みたいとおっしゃった。それは小松内府のことだった。けれども、小松内府が成仏していないと、誰が言ったのです。ふつうに考えれば、小松内府には成仏できぬ理由などない。身勝手とはかけ離れた生き方をなさった方であれば、なおのことです。あなたはそれを誰よりも分かっておられたはずだ。それでも、あなたがこの現世に留まった理由は別にある。小松内府の成仏を見届けたいなどとは、ただのごまかしです。あなたご自身に未練があったからだ」

「わたくしの未練……」

「その通りです。伊勢殿、いや、小松内府を見つけるなり、あなたが望んだことはただ一つ。そのおそばにいることだと、今はっきりおっしゃったではないか。あなたは小松内府のおそばにいたかった。お慕いしていたのでしょう。入道相国の寵愛を受けながら、その子息に想いを寄せてしまったあなたの苦しみは計り知れない。死してなお、あなたを苦しめたのはその想いの方なのではありませんか」

清盛は祇王から仏に心を移した。祇王はひどい仕打ちをされて嘆きはしたが、清盛や仏を恨むことはしなかった。その美しい心根は後世でも称賛され、祇王は往生を遂げたに違いないと信じられている。

「ですが、本当のあなたは往生してはいなかった。入道相国や仏を恨まなかった背後には、ご自身の秘めた想いへの疚《やま》しさもあったのでしょう。今さらそれをどうこう言う人はいません。ですから、あなたはここで往生を遂げなさい。そして、祇王の物語の結末を正しいものとするのです。あなたが未練ゆえに往生できなかったと知り、誰より悲しむのは小松内府なのではありませんか」

「ああ……」

祇王の口から、身を切るような溜息が漏れた。

「わたくしはあの方を嘆かせ、悲しませるようなことをしていたのでございますね。何百年もの長い間……。わたくしは生前も愚か者でございましたが、死後も何という愚かで罪深いことをしてしまったのでしょう」

祇王はそう言うなり、顔を覆ってさめざめと泣き出した。涙は後から後からあふれるようであったが、苦痛のあまり流す涙ではなく、これまでの過《あやま》ちを省《かえり》みつつ流す涙であった。

竜晴は祇王の涙が止まるのをただ静かに待った。

やがて、涙をぬぐった祇王は澄んだ眼差しを竜晴に向け、そっと合掌した。

「最後に一つだけお願いがございます。あちらの方を……小松内府さまによく似ておられるあの方を、小松内府さまのように思いながら、歌わせていただいてもよろしゅうございますか」

「伊勢殿がかまわないとおっしゃるのであれば」

竜晴はそう答えて、貞衡の方を見る。

「それがしはかまわぬ」

貞衡は迷いのない声で告げた。祇王は体ごと貞衡の方に向き直り、手を合わせたまま頭を下げる。

「ひとたび歌い終えたら、祓ってよろしいのだな」

竜晴の問いに、祇王は「すべてお任せいたします」と答えた。

「もえ出づるも枯るるも同じ……」

祇王が歌い始める。祇王の声は秋の澄み切った空のように美しかった。

やがて、祇王の歌が終わると、

「悪事も一言、善事も一言。一言で言い離《はな》つ神、葛城《かつらぎ》の一言主《ひとことぬし》」

竜晴の朗々たる声がそれに続く。

「これよりは安らかに眠られるがよい。神は未練を嫌う」

火途《かず》、血途《けちず》、刀途《とうず》の三途《さんず》より彼を離れしめ、遍《あまね》く一切を照らす光とならん

オンサンザン、ザンサクソワカ

呪を唱えた後、竜晴が印を結んだ手を振り上げると、祇王——おくみの体から脱け出した光は、外へ向かって一筋に流れていき、やがて秋の空へと吸われていった。その場にいた者たちはその軌跡を目で追いかけ、庭にいたアサマはどこまでも高い空を見上げている。

「おくみ殿」

祇王の霊が祓われたことで、意識を失ったおくみの体を、泰山はしっかりと抱えた。

「おくみ殿は大事ありません。目を覚ました時には、祇王が語ったことは何一つ覚えていないでしょう」

竜晴は心配そうな貞衡に向かって告げた。

「さようですか。しかし、その方がおくみにとってもよいでしょうな」

「祇王の魂に完全に心を奪われるまでの記憶は何とも言えませんが、伊勢殿と再会したことまで忘れてしまうことはないと思いますよ」

「それはどちらでもかまわぬが……。いや、すっかり忘れてしまわれるのも、いささか寂しいことか」

貞衡はほろ苦く笑った。

「おくみ殿の介抱は泰山に任せてよいでしょう。かまわないか」

竜晴が泰山に目を向けて問うと、「もちろんだ」と言う。

「私は留守が気になりますので、先に失礼しますが、伊勢殿の悪夢についてはその後、いかがでしょうか」

「新しくいただいた獏のお札のお蔭で、その後は安らかに眠ることができました」

貞衡は札を収めているらしい懐にそっと手を当てて言った。

「祇王の霊もいなくなりましたので、まず大事ないと存じますが、札はもうしばらくお手もとに置いておいてください。町中に広まっているという悪夢と不眠の騒ぎも気になりますので」

「分かり申した。この御礼はまた改めてさせていただく」

礼儀正しく言う貞衡に、「お気遣いなさいませんよう」と言い置き、竜晴は部屋を出た。

アサマは竜晴が去るのと時を合わせて、自分の小屋の方に飛んでいったようである。

——おぬしもゆっくりと休むことだな。

竜晴はアサマに声をかけてから、空を見上げた。屋敷の上空にはカラスが一羽、ゆっくりと旋回している。

やがて、カアーと一声鳴いたカラスは、上野の方へ向かって飛んでいった。

三

竜晴が小鳥神社へ到着した頃には、辺りはもう夕暮れになっていた。

「お疲れさまでございました、竜晴さま」

鳥居のところまで迎えに出てきた抜丸は、鎌首をもたげて言った。

「留守中、変わりはなかったか」

竜晴は周りに人の目のないことを確かめ、白蛇の抜丸を掌《てのひら》にのせて問うた。

「竜晴さまがお出かけになった後しばらくして、伊勢家から使者がのこのことやって参りましたが。竜晴さまはすでにお出かけになられたと、玉水に伝えさせました。あとは、愚か者のカラスめが竜晴さまに先んじて帰ってきたより他、何もございません」

「そうか。小烏丸からおおよその話は聞いたか」

鳥居を抜け、奥へと進みながら竜晴が訊くと、

「はい。私は竜晴さまのご活躍のほどを、直にお聞きしたかったのでございますが、あやつが訊きもせぬのに得々としゃべり出しまして。玉水もまた、聞きたがりなものですから」

と、抜丸は申し訳なさそうに語った。

「まあ、小烏丸は伊勢殿がご無事だったゆえ、ほっとしているのだろう。多少はしゃぐのは許してやれ」

その後、抜丸と二、三の問答をしてみると、小烏丸はあの部屋で起こったことは無論、祇王の語った話の中身もおおよそつかんでいたことが分かった。

「ならば、私から知らせることは特にないようだな」

と、竜晴が言った頃には、庭の薬草畑が見えていたのだが、その時、抜丸は「竜晴さま」と呼びかけ、足止めをした。

「お尋ねしたいことがあります」

「ふむ、何だ」

「伊勢家のご当主が重盛さまの生まれ変わりなのかどうか、という点です」

「小烏丸は何と言っていたのだ」

「あやつも祇王の言葉だけで、それと信じ切ることはできないようですが、昂奮していたのは確かです。ただ、あやつがあの方を四代さまと呼んだ時から、そうではないかと私は疑っておりました。あやつもそうだと思います。竜晴さま、本当のところはどうなのでしょう。あの方は本当に、重盛さまの生まれ変わりなのでしょうか」

「お前たちがそれを知りたがっているのは分かる。が、さすがにそれは、私が知ることのできる領域を超えたものだ」

「そう……ですよね。では、結局、ずっと分からないままなのでしょうか」

「ふむ。そのことも分からぬ。人が前世の記憶を取り戻すことは絶対にないと、決まったわけでもないからな。しかし、私はどちらでもよいのではないかと思う。伊勢殿が仮に重盛公の生まれ変わりで、その記憶を取り戻したとしても、重盛公として生きられるわけではない。小烏丸が失った記憶を取り戻すのとはわけが違う。だから、重要なのは小烏丸が記憶を取り戻すことであって、伊勢殿が重盛公の生まれ変わりかどうかを探ることではない」

竜晴の語る間、その掌の上でまったく動かなかった抜丸は、ややあってから、

「よく分かりました。おっしゃる通りでございます」

と、迷いの晴れた様子で言った。

「竜晴さま、できればそのことを小烏丸にも伝えてやってくださいませんか」

抜丸の物言いは真剣そのものであった。

「いや、お前に告げるのと、当の小烏丸に告げるのとでは、また事情が異なる。小烏丸には……今少し時を置いた方がいいのではないかと思う。だが、お前が私の考

えを理解してくれていることは、大事なことだ」

「まことにおっしゃる通りで、感じ入った次第です。私が浅はかでございました」

抜丸はもたげた鎌首を下におろして言う。

「いいや、お前が小烏丸のことを気にかけていることが分かった」

「いいえ、あやつがどうなろうと、私の知ったことではありません。私が案じておりますのは、あやつが迷走して、竜晴さまを困らせる事態に陥ることだけでございます」

忠実で誇り高く、負けず嫌いの付喪神がそう言って、身をくねらせた時、腰高障子が開けられて、

「宮司さま」

と、玉水の明るい声が響いた。

「竜晴よ、我のために苦労をかけた」

小烏丸が庭へ飛び出してくる。ばさばさと羽音を立てて周りを飛び回るので、竜晴は抜丸がのっていない方の片腕を差し出してやった。小烏丸は器用にその上にとまったのだが、

「竜晴さまはお前ごときのためにご苦労をなさったのではない。身のほどを弁えよ」

と、横から抜丸が言うものだから、たちまちむっとした目つきになる。

「お前こそいつまで竜晴の手にのっているつもりだ。我は竜晴に話がある。お前はさっさと去るがよかろう」

小烏丸が威張って言うが、抜丸はふんと横を向き、竜晴の掌の上から動こうとしない。

「伊勢殿の屋敷でのことは、おおかた見聞きしていたようだな」

竜晴が問うと、小烏丸は「うむ」と嬉しそうに返事をした。

「アサマが障子を破ってくれていたのでな。アサマほど部屋に近付きはしなかったが、その後ろから様子をうかがっていた」

「お前が抜丸と玉水におおよその話をしてくれたことも聞いた。私から付け加えることもなさそうだ」

「これで、伊勢家のお侍はもう大事ないのだな」

「そう思うが、町の人々の悪夢と不眠はまだ分からぬし、油断はしない方がいいだろう。それに……」

竜晴は小烏丸の和やかな丸い目を見据え、口を閉ざした。

(最初の獏の札を、鵺の札にすり替えた犯人がまだ分からない)

札のすり替えが行われたのは、まさにおくみが伊勢家に出入りし始めた時と重なるから、おくみのしわざという考えも捨て切れない。だが、おくみには無論、祇王にもそれをする理由がなかった。

とはいえ、今はあえて知らせてやらなくてもいいだろう。

「油断しない方がよいのは分かるが、まだ気がかりなことがあるのか」

小烏丸が不安げな声になって問う。抜丸もいつの間にか鎌首を竜晴の方へ戻していた。

「いや、油断は禁物というだけのことだ」

竜晴は二柱に言い、いずれにも下りるよう促した。

「宮司さまあ」

二柱が渋々地面に下りた隙を狙って、玉水が抱きついてくる。

「今日は、今年穫れたお米があるんです。朝方、私がお米屋さんに行って買ってきたんですよ」

いかにも褒めてくれと言わんばかりの物言いに、「買い方を教えてやったのは誰だと思っている」と抜丸が横から口を挟む。

買い物ばかりは抜丸と小烏丸に頼めないので、ほぼ泰山頼みになっていたのだが、まれに竜晴が自分で買い足すこともあった。そこへ、人型に化けられる玉水がやって来たので、抜丸は玉水を買い物役として育てていたのである。

「買い物くらい、抜丸さんに教えてもらわないでもできましたよ」

玉水が口答えをした。

「何を言うか。おぬしはそこらの葉っぱを銭に変えようとしたではないか」

「それの何が悪いんですか」

「まやかしはよくないに決まっておろう」

「そうなんですか」

と、玉水は竜晴に無邪気に問う。

「それはよくない」

竜晴は玉水に離れるよう促して告げた。

「銭は本物だけを使うように」

「宮司さまがそうおっしゃるなら」

と、渋々ながらも承知した玉水は、たちまち笑顔になって、

「今日は、抜丸さんが新米で酢飯を作ってくださるんですって。油揚げがありますから、酢飯をくるんで食べましょうよ」

と、言い出した。

「ふむ。玉水は油揚げが好きなのだな」

「狐は大体、好きみたいです」

「こやつの好みに合わせることはありません」

口答えされたせいか、抜丸は機嫌が悪い。

「豆がいくらかありますから、それを酢飯に混ぜて御膳にと思っておりました」

「ならば、それごと油揚げに入れてくださいよう」

「入れてください、ではない。おぬしが私の指示の通りに作るのではないか」

すったもんだの末、抜丸は竜晴の術で人型になると、玉水を引きずるように台所へと向かった。

小烏丸は人型に変えてくれとは言わず、「少し空を飛んできてもよいか、竜晴」と言い出した。

「日が沈むまでには戻ってこい。でないと、妙なカラスだと思われかねぬ」

「うむ。カラスは日暮れに山へ帰るものだからな」

そう言い置いて、小烏丸は夕方の空に飛び上がっていった。その飛翔《ひしょう》姿はいつになく伸びやかなものと見えた。


その晩は、玉水の願いに沿う形で、油揚げで包んだ酢飯が味噌汁《みそしる》と共に膳に載った。酢飯にいくらかの塩茹《ゆ》でした豆を混ぜたものを油揚げでくるみ、上を干瓢《かんぴょう》で結ぶという凝った作りになっていた。

玉水はなかなか手先が器用だそうで、干瓢で油揚げを結ぶのも難なくこなしたのだとか。

「おぬしにさような特技があったとは――」

食事をするのは竜晴と玉水だけなのだが、その場に座っている人型の小烏丸が驚きの声を上げる。

玉水はといえば、褒められたとも馬鹿にされたとも取れるその言葉も耳に入らぬ様子で、酢飯を食べるのに一生懸命だ。干瓢で結んだ酢飯入り油揚げは見た目もきれいで、食べるのが惜しいとさえ言える出来栄えなのに、そんなことは端《はな》から頭にない様子で、竜晴の二倍の速さで食べ続けている。

「こやつが来てから、飯の減り具合がやたらと早くなって……」

嘆かわしげに抜丸が言った。

「ふむ。そのことはいずれ四谷の宇迦御魂に伝えておこう。玉水の食べる分くらいは穀物を融通してくださるかもしれぬ」

そんなことを言い交わしながら、その晩の夕餉《ゆうげ》は和やかに過ぎていった。貞衛の件がともかくも片付いたことで、皆の気持ちが軽くなっているのが互いに伝わってくる。

小鳥神社に不眠で悩むものはいないが、それでも、この晩はいつもより安らかに眠ることができそうだ。そう思いながら、竜晴は寝所にしているいつもの部屋で横たわった。カラスと蛇が一緒なのは前々からのことだが、今は狐もいる。玉水も寝る時だけは狐の姿に戻るのだ。

竜晴がふと目覚めたのは、まだ暗い時分であった。

「……宮司さま、小烏神社の宮司さま」

か細い女人の声が外から聞こえてきた。

竜晴は障子を開け、さらに戸も開けて外を見る。この部屋の戸は薬草畑のある方ではなく、井戸のある北側の庭に面していた。

うっすらと空は明るみかけており、物の輪郭はあいまいではあるが、見えないわけではない。

女が一人、井戸のそばに立っていた。

「あなたは……祇王殿ではないか」

尼姿をした祇王の霊であった。

「まだ浄土へ渡っていなかったのか」

伊勢家の屋敷から空へ昇っていく魂の軌跡を見た後だけに、竜晴は驚いた。

「誤解なさらないでください。わたくしの心はすでに救われております。もはやこの世に心残りはございませんので、もう参ります。ただ小松内府さまに似たあの方のことが気にかかり……」

「伊勢殿に危険が迫っていると――？」

「わたくしは長くはここに留まれません。どうか、あの方をお救いください」

祇王は先ほどおくみの体でそうしたように、合掌して頭を下げた。

竜晴の脳裡に、獏の札と鵺の札がよぎっていった。

「あの方の札を差し替えたのは、あなたでもおくみ殿でもないな」

「無論です。それをしたのは……」

祇王が語るうちにも、空は次第に白んでいく。そして、光が増していけばいくほど、祇王の姿は薄れていくようである。

「待て。それは何ものだ」

竜晴は声を張ったが、祇王の返事が届く前に、その姿の方が消え失せてしまった。

「竜晴さま」

気がつくと、足もとには抜丸がいた。今のやり取りを見ていたようだ。

「最後に祇王の言わんとした言葉が聞き取れたか」

「いえ、分かりませんでした」

抜丸が申し訳なさそうに言う。

「ふむ」

　竜晴は印を結び、貞衡に渡してある獏の札の様子を探った。獏の札そのものがすり替えられていればすぐに分かるが、それはない。貞衡が深い眠りに就いていることも伝わってくる。

　しかし、明け方が近いというのに、深すぎる眠りというのは、いささか——。

「これから、伊勢殿のお屋敷へ行く」

　竜晴は言った。

「あちらに着く頃には夜も明けていようし、獏の札のことがあるから、中へ入れていただけるだろう。念のため、このことは大僧正さまにもお知らせしよう。小烏丸はいるか」

　竜晴が部屋の奥を振り返ろうとするのと同時に、黒い塊が庭へ飛び出した。

「大僧正への知らせは我に任せてくれ。知らせたら、我もすぐに伊勢家の屋敷へ向かう」

　小烏丸もいつしか起き出し、祇王の話を聞いていたようだ。小烏丸は空へ舞い上がると同時にそう叫び、寛永寺へ向かって飛び去っていった。

「前は自分だけで、大僧正さまのもとへ行くのを嫌がっていたのにな」

「まったくです。あやつなりにあの方の御身が心配なのでしょう」

抜丸が空を見上げて言う。

「よし。今回はお前も共に来てくれ」

竜晴は言い、いつもの呪を唱えて、抜丸を人型へと変えた。

玉水に留守番を言い置き、再び貞衡の屋敷を目指す。

その間に、東の空から曙光《しょこう》が射《さ》し込んできた。

八章　蟋蟀在戸《きりぎりすとにあり》

一

竜晴と抜丸が伊勢家の屋敷に到着した時にはもう、明け六つ（午前六時頃）の鐘が鳴ってから四半刻（約三十分）も経った頃であった。空はすっかり明るくなり、往来を行く棒手振《ぼてふ》りの姿も見える。

とはいえ、伊勢家の屋敷の門は開いていなかった。

「上野の小鳥神社より参りました。速やかに通用口を開けていただきたい」

脇の通用口をどんどんと叩《たた》いているうちに、通りをこちらに向かってくる駕籠《かご》が目に入った。天海が来たのだろうと思っていると、

「お待たせいたしました」

通用口が開けられ、竜晴が何度か見かけた門番の若侍が顔をのぞかせた。

「伊勢殿にお渡しした札から異変を感じ取り、急ではありますがお邪魔いたしました。間もなく、寛永寺のご住職、天海大僧正さまも参られるはずでございます」

「な、何ですと。天海大僧正さまがこちらへ？」

若侍は裏返った声になる。

そうこうするうち、駕籠が門前まで到着し、天海が姿を見せた。

「おお、賀茂殿。知らせをいただき、かたじけない。遅うなってすまぬ」

「いえ、こちらこそ、朝早くに失礼をいたしました。ただ、私も知らせを受けたのが明け方近くのことでございまして」

「うむ。委細《いさい》は聞いておる」

とだけ、天海は告げた。その詳細を天海に知らせた小烏丸の姿はない。

「知らせに遣わしたものはどうしましたか」

「さて、先に行くと申していたが……」

と、天海は空を見上げる。

いつもなら、その上空を飛んでいそうなものだが、もしかしたら、早くも貞衡の寝所近くの庭にでも下り立っているのかもしれない。

そう考え、とにかく自分たちも中へ入ろうとしたのだが、門番の若侍は天海を通用口から入れるわけにはいかぬと、大門を開ける用意に手間取っているようだ。

「通用口からでよい」

天海が外から声をかけたが、「いえ、さようなわけにはまいりませぬ」と、中から焦った声での返事がある。

「手間のかかることを……」

と、天海は苛立たしげに呟いた。竜晴はその間に抜丸の人型を解いた。白蛇の姿になった抜丸は通用口からするすると中へ入っていく。

それから竜晴は印を結んで呪力をこめ、立てた人差し指と中指にふっと息を吹きかけた。その指先を門に軽く触れさせると、それまでびくともしなかった門がすうっと開いていく。

「うわ、わわ」

力いっぱい門を引いていた中の侍たちは、急に軽くなった門に驚いたようだ。体勢を崩したり、門に頭をぶつけたりした侍はいたようだが、門が開いたのは人が一人通れるほどであったから、大怪我をした者はいなかったろう。それ以上かまって

はいられないので、

「大僧正さま、参りましょう」

と、竜晴は天海を急かした。

「これは、はてさて」

天海は侍たちを哀れむように見やりつつ、その横を通って竜晴のあとに続く。

「ご案内を……」

と、膝をついた門番が声をかけてきたが、

「道は分かっております。皆さまのご介抱をしてください」

と、竜晴は答え、天海を案内しつつ奥へ進んだ。

「どうも、屋敷の方は妙な気配がしておる」

天海が用心深い様子で呟いた。

「はい。それに、伊勢殿にお渡しした獏の札から察するに、どうやら伊勢殿はまだお目覚めになっておられぬご様子」

竜晴が知らせると、天海は「何」と驚いた。

「すでに夜も明け、屋敷は人も動き回っておる時刻ですぞ。怠惰な男であればともかく、伊勢殿は断じて違う」

「私もそう思います。となれば、目覚めを邪魔するものが……」

「目覚めを邪魔するとは、由々しき事態ではござらぬか。人は目覚めなければ、死ぬ」

当たり前のことが天海の口から出た途端、重々しく容赦のないものと聞こえた。

さらに進み、木々の植わった庭に至ると、ひときわ威容を誇る例の樅の木が目に入ってきた。

「ほう、これは見事な……」

と、天海が樅の木を見上げる。

「それにしても、ここの庭師は熱心な者たちよの」

天海が感心したように、庭師たちが五人ほど、この朝も樅の木の周りに集まっていた。仕事を請け負っている間は、屋敷内の長屋に寝泊まりしているのかもしれないが、それにしても仕事の開始が早い。

庭師たちが竜晴たちに気づいて、目を向けた。あちらも、客人にしては早すぎると驚いているようだが、その目の中に何とも言えぬ不安と困惑の色があった。

竜晴は天海に目配せをし、いったん立ち止まって、庭師に声をかけた。

「何か困ったことでもありましたか。我々はこれから伊勢殿にお会いするところですが……」

庭師たちは顔を見合わせた後、棟梁らしき四十路ほどの男が一人進み出てきた。

「いえ、あっしどもにゃ、その、わけの分からないことが起きまして。何かこう、狐につままれたっていうか」

男は困り果てた様子で言う。

「差し支えなければ、お知らせください。私は陰陽道《おんみょうどう》をたしなんでおります。必要とあれば、伊勢殿にもこれからお知らせしておきますので」

「そうですか、陰陽道の……って、あっしにはさっぱりなんですがね。まあ、殿さまに知らせていただけるなら、ありがたい。あっしらはあの樅の木を伐り倒すように言われてまして、昨日初めて斧《おの》を入れたんですよ。ところが……」

庭師の棟梁は言い淀むと、再び後ろの樅の木を振り返った。

「見せていただいてもかまいませんか」

竜晴が歩き出すと、棟梁も急いで樅の木のそばまで戻る。

他の庭師たちが場所を空けた。

「ここです」

と、庭師の一人が幹のある場所を示してくれる。地面から二尺（約六十センチ）ほど上の南に面した位置であった。樅の木の北側の土地を空けるべく低木の植え替えをしていたことは、竜晴も知っている。

だが、庭師の示した箇所に斧を入れた跡はない。いや、幹のどこにも斧を入れた跡などなかった。

「ここに、何度も斧を振り下ろしたんでさあ。幹に切れ込みが入ったのも確かに見ました」

実際に斧を振ったという二十歳ほどの体格のよい男が言う。

「なるほど、それなのに切れ込みがなくなっているというわけですね」

竜晴がさも当然のように落ち着いて答えたので、庭師たちは顔を見合わせていた。

「あのう、こういうことはよくあることなんでしょうか」

棟梁が恐るおそる問うてくる。

「あなた方はよく御覧になるのですか」

逆に問い返され、棟梁は「とんでもねえ」と首を振った。

「こんなんは見たことありませんよ」

「私も目にしたのは初めてですが、同じような話を聞いたことはあります。確か、紀州のあたりの話だったかと思いますが……」

「はあ」

「棟梁殿、取りあえず今日は樅の木に触れぬようにしてください。伊勢殿にはお伝えしておきますので」

棟梁は困惑した色を残しつつも「へえ、分かりました」と答えた。

それから、竜晴は天海のもとへ戻り、再び奥へと歩き出しながら、庭師たちから聞いた話を伝える。

「賀茂殿のおっしゃる紀州の話とは、いかなるものであろうか」

天海はきびきび問うた。

「はい。斧を入れた木が朝になったら元に戻っていたというのは、まったく同じなのですが、これは木の精——木霊《こだま》などとも言うようですが、そのしわざだったのです。その上、木霊は木こりたちが寝ている間に、枕を返すという仕返しをしました。

それゆえ『枕返し《まくらがえ》』とも呼ばれています」

「枕返しならば、拙僧も聞いたことがある。人が寝ている間に枕を動かし、悪戯《いたずら》をして回るという……」

「ただの悪戯であれば、大したことではありませんが、紀州の枕返しはなかなか凶悪でして。枕返しに遭った木こりたちは七人のうち、六人が死んでしまうのです」

「何と」

「一名は信心深かったため助けてもらえるのですが、いずれにしても、それを髣髴《ほうふつ》させます。実際に斧を入れたあの庭師たちは無事なようですが……」

「屋敷の主である伊勢殿が枕返しに狙われた、と——」

竜晴と天海は顔を見合わせた。

「伊勢殿のもとへ伺えばすぐに分かるでしょう。枕返しが出たのであれば、祓わねばなりませぬ」

「承知した。心して参ろう」

天海は顔を引き締め、手もとの数珠《じゅず》を引き寄せて言う。

そのまま足早に進み、いつもの出入り口へ向かおうとしたところ、

「竜晴ぃー」

と、屋敷の屋根にとまっていた小烏丸がすぐそばへ舞い降りてきた。

「庭から回ることができる。その方が早いー」

と、慌ただしく知らせる姿を見れば、いつの間にやら足に白蛇をまつわりつかせている。

また、取り次ぎを頼んだり、天海の姿を見た侍や女中たちが恐縮したり、という手間を考え、竜晴と天海は小烏丸のあとについていくことにした。

やがて、貞衡の寝所に面した庭へと至る。昨日の騒動で破られた障子は、取り急ぎの補修がされて閉められていたが、内縁の外の戸は開いていた。

「失礼します。小烏神社の賀茂が参りました。おそれ多いことながら、天海大僧正さまもご一緒していただいております」

貞衡が目覚めていない見込みは高いが、中に誰かがいれば障子を開けてくれるだろう。すると、すぐに人の動く気配がして、障子が開けられた。

現れたのは若い女中である。ちらと奥を見ると、布団が敷かれたままであり、横たわっているのは貞衡であろうと思われた。

女中は竜晴が顔を知るお駒《こま》という女であった。かつて大奥に勤めていたが、狐の怪異に憑かれ、大奥を出された者である。

「あなたは……」

「どこかで、お会いしましたでしょうか」

お駒は首をかしげた。竜晴と顔を合わせたのは狐に憑かれていた時のことなので、覚えていないのである。竜晴は「いえ」と話を打ち切り、天海を庭に立たせたままとするのは失礼なので、中へ入れてもらいたいと告げた。

「ですが、その、こちらはお殿さまがお休みでございますので」

お駒は困惑した表情を浮かべたが、その時、隣室の障子が開いて、内縁に人が現れた。見れば、竜晴が何度か顔を合わせた牧田である。

「これは、賀茂殿。それに、大僧正さま」

天海の姿を見て、牧田はその場に跪《ひざまず》いた。

「どうして、このようなところから。いえ、とにかく中へお上がりください」

「それならば、伊勢殿のお部屋へ入れてください。伊勢殿は呼びかけてもお目覚めにならないのでしょう。朝方、枕の位置が変わっていたのではありませんか」

「そ、それは……」

　お駒と牧田は顔を見合わせた。

「確かに今朝、殿の枕が足もとに置かれていました。ご自身でなさったとはとうてい思えませんし、お声をおかけしてもお目覚めにならず。ですが、息遣いは穏やかですし、お苦しそうでもなくて」

　少し妙だと思いつつも、昨日の騒動の後でもあり、ゆっくり休ませた方がよいと奥方も言う。そこで、お駒が世話役を命ぜられ、牧田は隣室に控えつつ様子を見ていたところであった。これでなおも目覚めぬようであれば、医者を呼ぶつもりだったという。

「怪異のしわざかもしれません」

　竜晴が言うと、牧田は少し考えた末、「どうぞお入りを」と貞衡の部屋の障子を開けた。

「これより先は何が起こるか分かりません。お二方は隣室に入り、障子を閉めておいてください。大事ないと分かれば、すぐに声をおかけします」

　牧田とお駒は竜晴の言葉に従い、隣室へと下がった。

一方、竜晴と天海は内縁に上がり、畳敷きの部屋へと入る。貞衡は牧田の言う通り穏やかな息遣いをして、こんこんと深い眠りに落ちているようであった。

二

竜晴はいったん障子を閉め、天海と共に部屋の様子を探った。

「何かがおりますぞ」

数珠を手に、鋭く周囲に目をやっていた天海が言う。

「はい」

竜晴がしっかりと答えた。

その時、部屋の中に突風が湧き起こった。障子がおのずと開き、ばたんと大きな音を立てる。突風は一塊となって外へ飛び出した。

「小烏丸、抜丸」

竜晴がすかさず声をかける。

二柱の付喪神たちは庭に待機していた。

それに一瞬遅れて、「やあっ」と天海の口から気合が放たれた。

部屋から逃げ出そうとした怪異に、不動の金縛りの術をかけたのである。

竜晴と天海が内縁に出ると、そこには子供ほどの大きさの鬼が倒れ込んでいた。

小鬼は深い緑色の肌に二本の角を生やしている。すでに動けぬ姿になった小鬼の周りを、逃がすまいと二柱の付喪神たちが囲んでいた。

竜晴と天海も庭へ下りて、小鬼のそばまで行く。

「どれほど凶悪な怪異かと思うたが、さほどでもなさそうですな」

天海が訝《いぶか》しげな表情で言うものの、その声には安堵の響きもこもっていた。

「竜晴よ、こやつが伊勢家のお侍を殺そうとした枕返しなのか」

小烏丸が怒りをこめて問う。

「ふむ。まずは話を聞いてみるしかあるまい」

竜晴は懐から呪符を取り出すと、ふっと息を吹きかけた後、手から離した。呪符はひらひらと舞いながら小鬼の体に落ちていく。

そして、小鬼の体に触れるや否や、あっという間に真っ白な蛇に転じて、小鬼の上半身に巻き付いた。三重にしっかりと捕らえているから、もはや逃げ出すことはできない。

「ほう、この蛇は式神《しきがみ》ですかな」

天海が興味深い様子で呟いた。

「はい。これで縛りましたので大事ないでしょう。どうぞ、大僧正さま。不動の金縛りをお解きください」

「よろしい」

天海は「解」と唱えて、小鬼にかけた術を解いた。ふうーっと小鬼が大きな息を吐き出す。それから、ばたばたと手足を動かし、自分が縛られたことに気づくと、

「きさまら、よくもおいらをこんな目に遭わせたな」

と、怒りをあらわにした。

「きさまら全員、呪い殺してやるぞ」

続けて呪詛《じゅそ》の言葉を吐いたが、小烏丸から嘴で頭を小突かれ、ひぃっと悲鳴を上げる。

「おぬしこそ気をつけてものを言うがいい。竜晴がおぬしごとき、つまらぬ妖にしてやられるわけがなかろう」

「まったくだ。竜晴さま、今すぐこやつを消し去ってください」

と、抜丸が目を怒りに溜めて言う。

「まだ話を聞いていないだろう」

竜晴は静かな声で言った。

「申し訳ございません。話を聞いてから消すのでございますね」

と、抜丸が謝ると、小鬼は竜晴に気味悪そうな目を向けた。

「話したら、おいらを消すのか」

どことなくこわごわした口ぶりで、小鬼は問うた。

「それは、おぬしの返答次第だ」

「つまり、偽りを口にすれば、その場ですぐ祓われると思え」

小烏丸が再び小鬼の頭を小突いた。

「分かったよ」

と、憎らしげな物言いながらも、涙目になったその顔にはどことなく愛嬌《あいきょう》もある。

「では、まずおぬしのことからだ。おぬしは樅の木の精――すなわち木霊だな。そして、枕返しでもある」

「そうだよ」

と、まったく躊躇わずに木霊は答えた。

「ここのご主人の枕を動かしたな」

「ああ」

「何のためだ」

「そりゃあ、おいらを伐って捨てようとしたからだ。樅の木が死んでしまえば、おいらだって消えちまう。だから、伐らせないように枕を返してやったんだ」

「枕を返された木こりが死んだ話もある。おぬしも伊勢殿の命を奪うつもりだったのか」

「今はまだそこまでしないよ。ここで木を伐るのをやめれば、祟りもやめるさ。けど、やめなければ、命を奪っていたかもしれないね」

「ふうむ」

「おいらだって殺されそうになった。やられたからやり返しただけだ。おいらは悪くない」

木霊はぷいと竜晴から顔を背けた。

「おぬしは伐られた跡を元に戻せるのだろう。それだけでも、ふつうの人間には十分な脅威だ。祟られていると分かれば、人は伐るのをやめるだろう。それなのに、おぬしは一度斧を入れられただけで、伊勢殿の枕を返した。実際、伊勢殿は今も眠り続けておられる。これを放置しておいたら、本当に死んでしまうのではないか」

木霊の返事はなかった。

「おぬしのしたことは、悪戯や仕返しで済むような話ではないぞ」

竜晴がそう言った時であった。地面に倒れ込んでいた木霊の体がいきなり、どんと膨らんだ。同時にばしんと楽器の絃が切れるような音が立て続けに響いたかと思うと、木霊を縛っていた蛇の式神がはじけ飛んだ。式神の残骸は破られた紙屑となって舞い散った。

小さな子供くらいの大きさだった木霊が、今は竜晴よりも大柄に変貌していた。顔には葉脈のように何本もの筋が浮き上がり、目は怒りに燃え盛っている。口から漏れるのは獣のような咆哮《ほうこう》で、もはや話が通じる相手とは見えなかった。木霊が太い腕で竜晴に殴りかかろうとする。

竜晴はひらりと避《よ》けた。すかさず、天海が今度は呪を唱える。

魂《こん》捕らわれたれば、魄《はく》また動くを得ず。影踏まれたれば、本《もと》つ身《み》進むを得ず

ノウマクサンマンダ、バザラダンカン

再び不動の金縛りの術をかけたのである。こうして呪を唱えた方がその効き目も強い。そのお蔭で、木霊はいったん動きを止めた。

しかし、体の大きさと共に、木霊自身の妖力も増したようで、しばらくすると、木霊の体はびりびりと震え始め、その口からは唸り声が漏れ始めた。

「術が解けかけておる」

天海が警戒の言葉を発した。

「大事ありません。まずは御身をお守りください」

竜晴は天海に告げた。

その瞬間、木霊を縛っていた術が解けた。

「うおおー」

と、天に向かって雄叫びを上げた木霊は、再び竜晴に襲いかかってくる。

「おのれ、竜晴に何をする」

　小烏丸が木霊の目を目掛けて飛びかかり、

「竜晴さまの御身は私が――」

　抜丸が木霊の首を絞め上げようとするが、両者共に払いのけられてしまった。

「私は大事ない」

　竜晴は木霊の殴りかかってくる拳を避け、蹴りをかわし続ける。木霊の動きが勢いに任せた大ぶりのものであるのに対し、竜晴の動きはまるで舞のように軽やかであった。

　しばらくそうして、ひらりひらりと攻撃をかわしながら、竜晴は懐から獏の札を取り出した。それは先ほど貞衡の部屋へ入った時、枕もとにそのまま置かれていたのを回収してきたのである。

　大いなる日、叡智《えいち》の光もて遍《あまね》く心を安らかにせん

　オン、バザラ、ダドバン

獏の札を木霊に投げつけざま、印を結んで呪を唱える。

すると、札は木霊に触れた途端、その体の中に吸い込まれるように消え失せた。同時に、木霊は再び元のような小鬼の姿に戻ると、こてんと地面に横たわった。意識を失った様子で、動き出す気配はない。

「一体、こやつはどういう妖なんでしょう。大したことない奴かと思えば、いきなり……」

抜丸が近くまで這っていきつつ、気味悪そうな目を向けて呟いた。竜晴は再び式神を取り出し、それで木霊を縛り上げた後、

「これが本来の姿だ。先ほどはおそらく何かに操られていたのだろう」

と、答えた。

「操られていた……。つまり、妖を操る妖、大妖がこの江戸にいるということでござろうか」

天海の声色も非常に険しいものとなっている。

「その見込みはあります。これまで大僧正さまとご一緒に戦い、祓ってきたものたちも、何かに操られていたのではないかと思われる節はありました」

「確かにそうだ。伊勢殿はこれまでも狙われたことがあり、その禍《わざわい》の根が完全に断ち切れたわけではない」

「我々はこれまで、起こったことへの対処しかできていませんでしたから」

天海と竜晴はそれなり押し黙った。付喪神たちも口を開かず、沈黙の時がしばらく続いたが、変化が起こったのは木霊が目を開けた時であった。

「あれ……おいら、何をしていたんだろう」

ぱちぱちと瞬きをする木霊は、本当に自分が何をしたのか覚えていないようである。

「おぬしはここで、いきなり大きな体になって暴れ出したのではないか」

小烏丸が言うと、「おいらが？」と信じられない表情を浮かべている。

「おぬしが凶暴になったのは、何ものかのしわざではないかと思う。近頃、力のありそうな妖に会った覚えはないか」

「それなら」

木霊は思い当たるものがいると、あっさり白状した。

「鵺と名乗る奴に会った」

その妖が現れただけで、木霊は動けなくなり、姿を見ることもできなかったという。それでは、本物の鵺だったのかどうかも分からないのだが、

「お殿さまの枕もとの札を取り換えるように言われた」

と、木霊は告げた。そうすれば、貞衡が樅の木を伐るのをやめると唆《そそのか》されたそうだ。木霊は鵺を名乗る妖から渡された札――つまり鵺の札を、竜晴の獏の札と取り換えたという。

「なるほど、それで枕もとの札を取り換えたのだな。元の札はどうした」

「屋敷の外へ捨てろと言われたから、そうした」

破ろうとしても破れなかったから、屋敷の外の道にそのまま捨てたと言う。それならば、誰かに拾われたこともあり得るが、獏の札が悪事をなすことはない。

「おぬしはその時、鵺に要らぬ力を授けられたか、呪いでもかけられ、凶悪になったのだろう。それゆえ、あのような姿になりもし、伊勢殿に祟ろうともした」

「あのう……」

木霊が情けなさそうな声を出して、竜晴を見上げた。

「おいらはただの木霊なんです。悪戯で枕返しをすることはあるけど、祟ろうなん

てこれまでは考えたこともなくて」

「ほう」

「信じてください。おいらは久々能智神《くくのちのかみ》の眷属《けんぞく》ですから、本来はこの家に福をもたらすものなんです」

木霊は涙目になって懸命に訴えた。久々能智神とは伊邪那岐《いざなぎ》と伊邪那美《いざなみ》の子で、木々の神とされている。

「そうか。久々能智神にかけて、二度とこの屋敷の主人をはじめ人々に祟らぬと誓うか」

「久々能智神にかけて誓います」

と、木霊は真剣に答えた。

「よし。お前の体の中には私の獏の札が取り込まれている。鵺から与えられた力はそれで相殺《そうさい》されたはずだ。もう凶暴になることもあるまい」

木霊はほっと安心した表情を浮かべた。竜晴は式神の蛇を消し、木霊を解放した。

しばらく経っても、木霊の様子に変化はない。

「木霊はこう申していますが、いかがいたしましょうか、大僧正さま」

竜晴が問うと、天海はおもむろにうなずいた。

「まあ、嘘《うそ》は申しておるまい。されど、木霊よ。次に伊勢殿の御身に何かあれば、おぬしの宿った木は一瞬でこの世から失せるであろう。この宮司殿はまことにやるぞ。それを忘れるな」

天海からたしなめられ、木霊は震えながら何度もうなずいた。竜晴が本当にそうする力の持ち主であることは、すでに分かっているらしい。

「では、もう行くがいい。樅の木の伐採はやめるよう、伊勢殿に申し上げておく」

竜晴が言うと、木霊は頭を下げて樅の木の方へ走り去っていった。やがて、その姿は木に吸い込まれるように消えていく。

竜晴は付喪神たちを人型に変え、四人そろって貞衡の部屋へと戻った。こんこんと眠り続けていた貞衡が目を覚ましたのは、それからややあって後のことであった。

「おや、大僧正さまに賀茂殿。何があったのです」

貞衡は面食らった様子で跳ね起きたものの、寝間着であることに気づき、「申し訳ござらぬ」と天海に謝った。

「いや、ご無事でよかった」

天海がしみじみと言う。

「これまでになくぐっすり眠り込んでいたような気がしますが、私は何か……」

困惑気味の目を向けてくる貞衡に、竜晴は樅の木に憑いている木霊のことを話して聞かせた。

「おくみに憑いていた霊のことが解決し、終わったと思っていましたが、そうではなかったのですね。これはとんだことにお二方を巻き込んでしまい、申し訳ない」

すっかり恐縮する貞衡に、

「いや、伊勢殿にはこれからもしっかり働いていただかねばなりませぬからな」

と、天海が力をこめた声で言った。

「鵺と名乗ったという輩もおる。江戸の町に蔓延る不眠と悪夢のことも解決していない。それに鵺が関わっていることも、賀茂殿よ、十分に考えられますな」

「私も大僧正さまと同じように考えておりました」

竜晴は静かに答えた。

「それがしも、お二方のお役に立てるようにいたしますぞ」

貞衡がいつもの精気を取り戻した声で言う。そのありさまを、小烏丸と抜丸がほっと安心した様子で見つめていることに、貞衡は最後まで気づいていなかった。

三

今から四百年以上も前の京。その日、平重盛は太刀《たち》の小烏丸を携え、父清盛の西八条邸へ向かった。

そこは清盛の私邸で、隠居後の住まいでもある。清盛の正妻や愛妾《あいしょう》、正妻所生の子供たちも暮らしていた。

重盛がこの時、何とも言えぬ葛藤を抱えていることに、小烏丸は気づいた。付喪神としての姿はまだ得ていないものの、重盛が元服する前から一緒に過ごしてきた小烏丸は、主人の心の在処をおおよそ探ることができる。

西八条邸で、重盛が気にかけていることといえば、清盛の正妻で、義母に当たる時子《ときこ》に敬意を払わねばならないことと、この時子が産んだ兄姫《えひめ》と呼ばれる異母妹の暮らしぶりといったことか。

この兄姫は何でも、平家一門に並々ならぬ栄華をもたらす娘と、清盛が予言を受けたとか。いや、重盛自身がその予知を見たのだったか。細かいことは小烏丸には分からなかったが、とにかく清盛と重盛がこの兄姫の行く末に何かを期していることは確かであった。

しかし、つい先頃から、重盛は西八条邸に別の懸念を抱き始めていた。重盛の気持ちに変化が起きたのは、清盛がある女を西八条邸から追い出してからであった。

女が清盛の寵愛する白拍子で、祇王という名であることを、小烏丸は知っていた。それも、かなり非情なやり方で追い出したという。別の女を寵愛し始めたから、祇王が要らなくなったという理由のようで、重盛の周りの人間たちもこぞと非難めいた言葉を口にしていた。ということは、重盛自身も清盛のやり方に反感を抱いていたということなのだろう。

小烏丸は重盛と一緒に西八条邸へ出向いて、重盛の懸念が何だったのかを、はっきりと悟った。

何と、清盛は人々を呼び集めた席に、いったん追い出したあの祇王を招いていたのである。それも、かつてであれば、清盛の愛妾という立場でこういう席へ招かれていた女を、一介の白拍子として呼んだのだ。

白拍子とは宴《うたげ》の席に侍《はべ》り、舞ったり歌ったりして客を楽しませる女たちだ。祇王は確かに白拍子なのだから、それを求めることがいけないわけではない。

だが、清盛の愛妾となってからの祇王は、こうした大勢の人がいる席で芸を披露することは求められていなかった。それなのに、捨てられた途端、かつてと同じ立場に戻されたというわけだ。

祇王の座っている席は、一番端の末席だった。かつては清盛の隣に侍っていたというのに。

今、清盛の隣にいるのは祇王よりほんの少し若い、仏という白拍子であった。

「私がこのような席にいて、祇王さまがあのようなお席にいらっしゃるなんて。今すぐ祇王さまをこちらへお呼びください。私が下がりますから」

仏という女が何ともきまり悪そうな表情で、しきりに清盛に訴えていた。

「そなたが下がってどうする。そなたのために祇王を呼んだのではないか」

清盛はまったく取り合わない。重盛は一度も清盛の方を見ようとしなかった。

ややあって、清盛は祇王を呼んだ。

「仏が退屈しているようなのでな。今様《いまよう》でも歌って慰めてやってくれ」

祇王は下を向いたまま体を強張《こわば》らせていた。

清盛の命令に対し、すぐに返答しないなどという態度は無礼なものであった。だが、その場にいる人は無理もないと思っているようであった。あまりに祇王をないがしろにしている。自分からすべてを奪った女の前で、その女のために歌うことを求められるなど——。その屈辱たるや、どれほどのものか。

そうはいっても、祇王が清盛の命令を無視することはないと、誰もが思っていたようだ。

ところが、それにしては祇王の沈黙は長かった。ずっとうつむいたその姿勢は、精いっぱいの抗議をしているようにも見えなくない。

その場にいる人々の様子が少し変わった。あまりに長すぎる。気まずいほどの沈黙は、人々の心から祇王への哀れみを追いやり、不安と懸念で埋め始めていた。

その間、重盛はまったく動じなかった。前を向いたまま、その眼差しに祇王への同情を宿すこともなければ、清盛への批判を滲《にじ》ませることもなかった。そういうものを西八条邸へ来るまでは抱いていたはずなのに、人前でまったく見せないのは見事でもあり、重盛らしいことでもあった。

人々がどうしたことかと小声でささやき始めた頃、祇王がようやく顔を上げた。

そして、間を置かず、その口からは今様が流れ出した。

　仏も昔は凡夫《ぼんぶ》なり　我らもつひには仏なり
　いづれも仏性《ぶっしょう》具せる身を　へだつるのみこそ悲しけれ

仏も昔は俗世の人間だった。私もいずれは死んで仏となる身。いずれも仏となる身でありながら、区別するのは悲しいことだという。

これはもともとあった今様「仏も昔は人なりき、我らもつひには仏なり、三身仏《さんじんぶつ》性具せる身と、知らざりけるこそあはれなれ」を作り替えて歌ったものである。

もちろん、ここでは仏と祇王を分け隔てする清盛の仕打ちを指しているのだろう。

「ほう、さすがに見事」

祇王の皮肉が分からぬわけでもあるまいに、不思議と清盛は不快にはならなかった。むしろ、上機嫌とさえ言える様子であった。

この時、清盛は祇王をまた招こうと言ったが、その日は二度と来なかった。

祇王がこれを境に出家を遂げ、嵯峨野の庵へ移ってしまったからだ。祇王がそうしたのは、もう二度とこんな屈辱を味わいたくないと思ったからだと、世間では祇王を哀れんでいる。だが、それは違うと小烏丸は思っていた。

清盛と仏の前で今様を歌った祇王が、その場を下がる時、ちらと重盛に向けた眼差し。ほんの一瞬のことでしかなかったが、憂いを帯びた艶のあるあの眼差し。あれは、重盛を想う女のものであった。

重盛が嵯峨野へ向かったのは、その年の秋のことであった。

秋の野の草が所かまわず生い茂っている。薄の穂が揺れ、葉の上には露がのっていた。虫の声が洛中《らくちゅう》の邸の庭先とは比べものにならないくらい、荒々しい。それでいて、何とも寂しく侘しい声と聞こえるのは、ここが人家の少ない野だからであろうか。

重盛はその嵯峨野の草を踏み分け、まっすぐに一軒の庵を目指した。

従者は連れていたが、途中で待っているように言い置き、重盛はある人物だけを伴って庵の戸を叩いた。

「どなたでございますか」

庵の奥からは澄んだ女の声が聞こえた。現れたのは墨染《すみぞめ》の衣をまとった尼であった。頭には尼頭巾を被っている。

「お久しぶりです、祇王殿」

重盛は柔らかな声で挨拶した。

「まあ、小松内府さま……」

祇王はそれなり絶句した。

「突然のことで申し訳ない。驚かせてしまいましたね」

「……いえ。ですが、どのようなご用向きで」

「ぜひ、祇王殿のもとを訪ねたいという方がおいででしたので、お連れした次第」

重盛の言葉に、祇王は怪訝そうな表情を浮かべた。重盛は戸の脇へと身を寄せる。

すると、それまで重盛の背に隠れていた者が祇王の前に姿を現した。

「仏殿ではございませんか」

祇王は再び驚きの声を上げた。

重盛が伴ったのは、かつて祇王からすべてを奪った女、仏であった。だが、かつての姿ではない。

祇王が髪を下ろして墨染の衣をまとう身となったように、仏もまた、同じ身の上となっていたのである。

「どうして、あなたがご出家を――」

「祇王さま、お許しくださいませ」

仏はその場に土下座して深々と頭を下げた。

「私はかつて自分のことしか考えられぬ浅はかな者でございました。己の才を恃《たの》み、世に認められるのは当たり前だと傲慢な考えに取り憑かれて……。私は確かに、かつての私が望んでいたものを手に入れましたが、それが何だというのでしょう。その愚かさに私はやっと気づいたのです。気づかせてくださったのは、祇王さまが柱に彫りつけていかれた歌でございました」

そう言うと、仏は顔を上げ、一首の歌を口ずさんだ。

――もえ出づるも枯るるも同じ野辺の草　いづれか秋にあはではつべき
歌い終えた後、身を縮めるように下を向いた仏に、祇王はそっと寄り添った。その手を取って立ち上がらせると、

「あなたはお名前の通り、まことの仏になられたのですね。そのお心の清らかさ、美しさは神も仏も寿《ことほ》がれることでしょう」

と、優しい声で言った。

「私など、祇王さまのお心に比べれば……」

仏は恐縮したふうに手を引っ込めようとしたが、祇王はその手を離さなかった。

「わたくしは行き場を失くして出家したようなもの。そこまで追い込まれなければ、正しい道に入れなかったのです。あなたは栄華を楽しむことのできるお立場にありながら、その執心を持たず、すべてをお捨てになられた。わたくしにはとうてい真似のできないことでございました」

祇王はかすかに声を震わせ、瞼を伏せた。

「この庵には、わたくしの母と妹もおります。皆で往生を願いながら修行を積んでおりますが、仏殿も同じ願いをお持ちでしょう。よろしければ、これから先、ご一緒に修行をいたしませんか」

「この私にそんなふうに言っていただけるなんて」

祇王の思いやりのこもった申し出に、仏は泣き出した。

こうして仏は身の落ち着き先を見出《みいだ》し、祇王は仏に対するわだかまりを完全に捨て去ることができたのである。重盛は初めからすべて見通していたのだろう。女たちを見る眼差しは終始落ち着いて、満ち足りたものであった。

やがて、仏は庵の中に招き入れられ、それから祇王一人が重盛の前に戻ってきた。

「仏殿をお連れくださり、まことにありがとうございました。こんな日が来るなんて、少し前にはまったく考えられませんでしたのに」

重盛はほのかに微笑んだ。

「墨染の衣が似合っておいでだ。白拍子の装束よりも、華やかな色の衣よりも」

祇王の姿をじっと見つめ、重盛は告げた。祇王は涙ぐんだ。

「許されないことでございますが、わたくしはずっとあなたさまを見てまいりました。ですが、あなたさまがわたくしに今のような眼差しを向けてくださったことは一度もなかった……」

「祇王殿……」

「いえ、よいのです。それが正しいことなのです。あなたが正しくしてくださったから、わたくしは道を踏み外さないでいられたのですもの。でも……」

祇王はしっとりとした声で続けた。

「あなたさまが今はわたくしだけを見てくださる。ほんのひと時だけでもその幸いを与えてくださった神に、心から感謝いたします。わたくしはもう十分に満たされました」

瞬きをした祇王の目から涙があふれ出し、頰を伝っていく。夕暮れの淡い光に映えて、それは白露のように見えた。

「申し訳ないことをした。父も私も――」

重盛はそう言って、祇王から目をそらした。その目の先には、赤い花穂をつけた草が揺れていた。最後のまばゆい光を放つ日輪の茜色より、もっと深い色をしていた。

「そんなふうにおっしゃられると、わたくしも謝らねばならなくなってしまいます」

祇王は重盛の眼差しを追い、吾亦紅の花に目を向けた。

「あなたが謝る理由など何一つない」

「わたくしが謝らなくてよいのなら、小松内府さまも同じです。相国さまもまた。

たぶん、人の気持ちとは誰しも思い通りにはならないものなのでございましょう」

祇王の物言いは決して投げやりというわけでもなければ、すべてをあきらめたというふうでもない。ただ、この世にはどうしようもないことはあると弁え、それを受け容れた人の聡明《そうめい》な響きが感じられた。

やがて、そっと吾亦紅のそばに屈んだ祇王は、

「あら」

と、小さな声を上げた。その声にはほのかな明るさが宿っていた。

「きりぎりす（こおろぎ）が……」

その途端、きりぎりすがコロコロコロと鳴き始めた。近くで聞くせいか、他の虫の声に混じらず、ひときわ美しく澄んだ声に聞こえる。

「きりぎりすがこんなところで鳴く季節になったのかしら」

野で鳴いていたきりぎりすは秋が深まるにつれ、人家の近くで鳴くようになる。二十四節気では「蟋蟀在戸《きりぎりすとにあり》」と呼ばれる時節だが、それにはまだ早いようだ。だが、ここは嵯峨野。人の住む庵といっても、きりぎりすにとっては野も同じなのかもしれない。

「吾亦紅ときりぎりすを詠んだ歌がございました。宴の席で歌ったこともあったかしら」

祇王がふと思い出したように呟いた。

「鳴けや鳴け尾花枯れ葉の……ですな」

「そう……」

祇王は重盛を見ようとはせず、吾亦紅の花とそこにとまったきりぎりすだけに目を向けている。ややあってから、きりぎりすの鳴き声に女の歌声が重なった。

鳴けや鳴け嵯峨野の秋のきりぎりす　われもかうこそ嬉し泣きけれ

――嵯峨野の秋のきりぎりすよ、鳴きに鳴きなさい。私もこのように嬉し泣きするから。

本《もと》の歌とは違っている。しかし、歌を作り替えるのはそういえばこの女の得意とするところだったと、小烏丸は思い至った。

きりぎりすの澄んだ声にも負けず劣らず、女の歌声も澄み切っている。重盛は言葉は返さなかった。ただ、祇王と共に吾亦紅を見つめ、心に沁みるきりぎりすの鳴き声と祇王の歌声に耳を澄ませ続けていた。

四

小烏丸は目覚めた途端、はたと辺りを見回した。

ここはどこだ——と思い、一瞬の後、「ああ、小烏神社だった」と理解する。例によって、夢を見ていたような気はするのだが、はっきりと覚えていることはない。

その小烏丸の目の中に、吾亦紅の花が飛び込んできた。皆が寝所として使っている竜晴の部屋にも、玉水が飾ったのである。

小烏丸は吾亦紅の花をじっと見つめていた。そばには誰もおらず、どのくらいの間、そうしていたのだろうか。

部屋の戸が開けられて、小烏丸は我に返った。

「おお、竜晴か」

竜晴は小烏丸の顔をじっと見つめてきたが、

「何かあったのか」

と、おもむろに尋ねた。

「いや、その、夢を見ていたような気がしただけだ」

「そうか。夢の中身はいつも覚えていないのだったな」

「うむ……」

と、うなずいた後、「だが、四代さまの夢であったような気がする」と、小烏丸はなぜか続けていた。

「お前は重盛公のことを四代さまと呼んでいたそうだな」

「まったく覚えていないのだが……。そう口に出したことがあったというし、口にも耳にもなじむ気がするのは確かだ」

「では、伊勢殿のことを四代さまと呼ぶことができるか」

突然、竜晴から問われ、小烏丸は戸惑った。

「いや、それは……無理だと思う。その、仮にあの方と言葉を交わすことができるようになったとしても……やはり、何か違うという気がする」

竜晴の求めにうまく答えられたとは思えないのだが、

「それでいいのだろう」

と、竜晴は言った。

「どういうことだ」

「今のことをお前が分かっていればいいということだ」

「我には何のことか、よく分からぬ」

混乱して訊き返すと、「言葉にすれば簡単なことだ」と竜晴は言った。

「伊勢殿は重盛公ではない」

「うむ。確かにそうだ」

仮に生まれ変わりであったとしても、重盛その人ではない。記憶を取り戻したとしても、重盛に戻ってくれるわけではない。

そのことは分かっている。いや、分かっているはずだった。付喪神の宿命として、持ち主という名の主人は次々に替わっていくものだということは――。

だが、自分は付喪神になって間もなく、それ以前の記憶を失くしてしまった。通常、付喪神はそうなる前の、ただの物であった時の記憶もたくわえているものであるのに。

それゆえに、失くした記憶の中で強い輝きを放っていた主人の面影に捕らわれてしまった。たぶん、あの祇王という尼がこの世に未練を残して成仏できなかったように。

「竜晴は、我があの祇王のようにならないかと、心配してくれているのだな」

小烏丸はひどく温かな、満ち足りた気持ちになって訊いた。

「まあ、お前は死霊ではないのだから、祇王のようになったからといって、不都合が起こるわけではあるまいが、お前が苦しいだろう」

竜晴から労りの言葉をかけられ、小烏丸は浮かれた。相変わらず物言いは冷淡そのものだが、竜晴は小烏丸を心配していることを否定しなかった。

そのことを嬉しく思った瞬間、はたと気づいた。

竜晴もまた、他の大勢と同じように人としての寿命しか持たない。天海大僧正のように長生きする人間も稀《まれ》にいるのは確かだが、それにしたって、百年、二百年と生きる人間はいない。とすれば、竜晴ともいずれは別離の時が来る。そうなれば、自分はまた主人を替えなければならなくなるのか。

人と共に過ごす時は短い。だからこそ貴重だ。その貴重な時を今のように過ごしていてよいのだろうか、という思いがふと湧いた。

竜晴のもとにいながら、昔の主人の面影ばかりを追い求めていて、本当にかまわないのか。いつか竜晴との別離が訪れた時、自分はその日々を悔やむことになるのではないか。

「なあなあ、竜晴」

自分の中で確かな答えが出せぬままではあったが、小烏丸は言わずにおれぬ気分で語りかけていた。

「我の今の主は竜晴だ。それは何がどうなろうと変わることはない」

「ふむ。確かに今はそのようだな」

竜晴は特に嬉しそうな表情を見せるわけでもない。まあ、そこが竜晴らしいと言えるところでもあるのだが……。

「付喪神は主のために尽くすものだ」

とは言いながらも、付喪神の主人とは付喪神の本体の持ち主のことであった。しかし、残念なことに、小烏丸の本体は今、竜晴の手もとにない。

早く竜晴に本体の太刀を見つけてもらわなければ――と思ったが、見つかったら

竜晴はそれをどうするつもりなのだろう。そのことが気になったが、

「今日はおくみ殿が来る日だ。お前も庭の木の上なり、部屋の隅なりで、様子を見ていたいのではないか」

と、竜晴が話を変えたので、小烏丸はそちらに気を引かれた。

「おお、そうだ。祇王に憑かれた三味線弾きの女子であったな」

庭の木の上で待ち構えていよう。仮に部屋の中へ入ったとしても、中の会話を聞き取ることはできる。

「そういえば、竜晴、蟋蟀在戸はまだだったか」

どうしてそんなことを尋ねようと思ったか分からないが、小烏丸の口は勝手に動いていた。

「ふむ。暦が九月に入ったから、もう少しだな」

と、竜晴からの返事がある。それを問うた理由について、竜晴が尋ねることはなかった。

おくみが小烏神社へ礼と詫びを言いに現れたのは、その日の昼過ぎであった。

「申し、失礼いたします」

この日は一人でやって来たおくみは、玄関先から声をかけ、玉水に案内されて部屋へ現れた。

「泰山より聞き、お待ちしていました」

竜晴はおくみを迎え、玉水の用意した座布団を勧めた。おくみはまず横の板敷きに正座し、深々と頭を下げる。

「この度はとんだご迷惑をおかけしてしまい、大変申し訳ございません。伊勢のお殿さまと立花先生から、くわしいことをお聞きして、自分でもあきれました次第でございます」

「霊に憑かれてのことですから、あまりお気になさらず」

「これは、先日お渡しできなかった礼金でございます」

おくみは言い、紙に包んだ金を差し出した。開けてみると、一両入っている。

「私はご依頼人の方のお気持ちに任せています。多かろうと少なかろうと、そのまま受け取ってしまいますが、かまいませんか」

「はい。そうしてくださいませ」

おくみがそう言ったところへ、玉水が麦湯を運んできたので、おくみは座布団に座り直した。

「寒くなってまいりましたから、温かい飲み物が体に沁みます」

おくみはそう呟き、ほのかに微笑した。

「憑かれていた間のことは、すべてがぼんやりしています。覚えていることも、自分がしたことのようには思えないのですが、今でもまだ、あの人の切ない気持ちだけはここに残っているように感じられて」

おくみは胸の辺りに手をやって言う。

「切ないとは、想い人への気持ち、などでしょうか」

「それもあるのでしょうが、それだけではないようにも思われます。人の生涯は思うに任せぬものというか、人の世は嘆かわしいものというか、そういうことへの切なさ、とでも言えばよいのでしょうか」

「なるほど、確かに真実を衝く言葉であり、祇王がその境地に達したというのも、あの者の生涯を思えば分かる気がしますね」

「宮司さまのおっしゃる通り、あの人は大変な人生を送ったのだと、今さらながらに思われます」

そう言ってから、おくみは袂より扇子を取り出した。

「気に入って買い求めたものですが、今は私の手もとに置いておくのも申し訳ない気がしております。ですから、宮司さまの手もとに置いてくださいませんでしょうか。ご無理であれば、お寺に預けて供養してもらおうかと思っているのですが」

「いいえ、かまいません。おくみ殿がお望みになるなら、私の手もとに置くことにいたしましょう」

「ありがとうございます。あの人も嬉しいと思ってくれることでしょう」

おくみは祇王の歌が書かれた扇子を竜晴に託し、礼を述べて帰っていった。

そのおくみと入れ替わるように現れたのは、花枝と大輔の姉弟である。

「竜晴さまっ」

大輔の声はいつもよりずっと緊迫していた。

「大輔殿か。今の今まで客人がいたのだが、そこで会わなかったか」

「鳥居のとこで出てくる人に会ったよ。ずいぶん色っぽい姉ちゃんだろ。あの人、竜晴さまの何なんだ」

「泰山の元患者だった人で、ついこの間、私に依頼をなさった客だ。仕事が終わったので、礼金を渡しに来てくださったのだ」

「なんだ、それだけか」

大輔はほんの少しほっとした様子で息を吐く。

その頃には花枝も追いついてきて、竜晴とのやり取りを聞いていたらしいが、大輔以上にほっとした表情を浮かべていた。とはいえ、花枝も大輔も次の瞬間にはもう強張った表情に戻っていた。

挨拶もそこそこに、大輔が切り出す。

「大変なことがあったんだよ、竜晴さま」

「これでございます」

花枝が続けて、懐から札を取り出す。旅籠大和屋の鬼門に貼っておくようにと、竜晴は獏の札を渡していたが、花枝が取り出したのはそれではなかった。

「変わっていたのでございます、宮司さま」

花枝が札を竜晴の方に向けて差し出しながら告げた。

「獏の絵が、別の絵に変わっていて」

竜晴はすぐに絵を確かめた。獏の特徴の一つである象の鼻がない。尾は牛のものではなく、蛇に変わっていた。

「これは、獏ではない。鵺だ」

竜晴は札上の鵺を鋭く見据える。鵺の目はまるで挑もうとするかのように、竜晴を睨み返してきた。

【引用和歌、今様】

鳴けや鳴け尾花枯れ葉のきりぎりす　われもかうこそ秋は惜しけれ（郁芳門院安芸『久安百首』）

もえ出づるも枯るるも同じ野辺の草　いづれか秋にあはではつべき（『平家物語』）

仏も昔は凡夫なり我らもつひには仏なり　いづれも仏性具せる身をへだつるのみこそ悲しけれ（『平家物語』）

仏も昔は人なりき我らもつひには仏なり　三身仏性具せる身と知らざりけるこそあはれなれ（『梁塵秘抄』）

この作品は書き下ろしです。

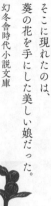

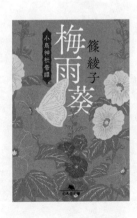

シリーズ第三弾。書き下ろし

蛇含草

小鳥神社奇譚

篠綾子

若き宮司と本草学者は、
「悪意」という名の毒を
浄化できるのか——。

腹痛を訴える男を連れ、泰山が小鳥神社を訪れる。
そっけない態度をとる竜晴だったが、
ある時、男がいなくなり……。

幻冬舎時代小説文庫

シリーズ第四弾。書き下ろし

狐の眉《まゆ》刷《は》毛《け》

篠綾子

小烏神社奇譚

お気をつけなされ。
美しい花には、
棘がつきもの。
氏子である花枝の元に、
大奥入りしたかつての親友から文が届く。
大奥を訪ねた花枝は、
思いもよらぬ申し出を受けるが……。

幻冬舎時代小説文庫

吾亦紅《われもこう》

小烏神社奇譚《こがらすじんじゃきたん》

篠綾子《しのあやこ》

令和4年12月10日　初版発行

発行人——石原正康
編集人——高部真人
発行所——株式会社幻冬舎
〒151-0051東京都渋谷区千駄ヶ谷4-9-7
電話　03(5411)6222(営業)
　　　03(5411)6211(編集)
公式HP　https://www.gentosha.co.jp/
印刷・製本—図書印刷株式会社
装丁者——高橋雅之

幻冬舎時代小説文庫

ISBN978-4-344-43253-6　C0193　し-45-6